흙과 재

프랑스어 번역
사브리나 누리

한국어 번역
김주경

흙과 재

Atiq Rahimi

Terre et cendres
(Titre original : Khâkestar-o-khâk)

© P.O.L éditeur, 2000

This edition was published by arrangement
with P.O.L éditeur, Paris
through Sibylle Agency, Seoul

아티크 라히미는 1985년에 망명하여 프랑스에서 살고 있는 젊은 시나리오 작가이다. 그의 펜은 매우 새롭고 독립적이며 아프가니스탄적인 사고(思考)와 글을 탄생시켰다. 그의 글은 일반적으로 다리어라고 불리는, 아주 오랜 옛날부터 아프간에서 사용되어 온 페르시아어의 섬세한 미와 독창성을 보여 준다.

《흙과 재》는 아프간 사람들이 그들만의 전통과 정서, 험난한 역사, 개인적 비극들을 짊어진 채 살아가고 있는 자유의 장(場)을 보여 주는 소설이다.

또한 《흙과 재》는 아프간 사람들이 자신들의 역사 속에서 살아남기 위해 꼭 필요로 했던 카타르시스의 성격을 지닌 소설이며, 동시에 인간적이고 보편적인 소설이기도 하다.

나는 작가의 정신과 그의 짧고 숨가쁜 문장, 헐벗음의 미학, 끊임없이 의식 속으로 파고들려는 의지 등을 가능한 충실하게 프랑스어로 번역하고 싶었다. 그리고 독자들이 이 짧은 여행 속에서 나와 함께 한 노인과 어린아이의 은밀한 고통 속으로, 더 나아가 한 국가의 백성들이 겪고 있는 고통 속으로 들어가 볼 수 있도록, 아프간 사람으로서의 나의 혼이 프랑스 사람으로서의 내 손을 인도해 주길 바랐다.

그동안 나와 함께 해준 사람들과 사랑하는 친구 아티크 라히미, 그리고 섬세하고 주의 깊은 두 명의 독자인 크리스티안 티올리에·피에르 보나푸를 비롯해 오늘 이 책이 나올 수 있기까지 여러 가지 도움을 주신 많은 사람들에게 깊은 감사를 표하고 싶다.

사브리나 누리

전쟁은
내 아버지와
그리고 다른 많은 아버지들의 눈물을 빼앗아 갔다.

그의 마음은 무거웠다, 그의 슬픔만큼이나.

라파아트 호사이니

흙과 재

― 할아버지, 배고파.

너는 아내의 붉은 골레세브* 스카프로 싼 보따리 안에서 사과 한 개를 꺼낸다. 그리고 먼지투성이인 네 옷에 쓱쓱 문질러 닦는다. 저런, 사과는 오히려 더 더러워진다. 넌 사과를 보따리 안에 집어넣고, 조금 깨끗해 보이는 다른 사과를 꺼낸다. 손자 야씬이 피곤한 네 팔에 머리를 기대고 앉아 있다. 그 손자에게 사과를 건넨다. 아이는 꾀죄죄한 작은 손으로 사과를 받아들고

---

* 문자적으로는 사과꽃을 말하지만, 일반적으로는 중앙아시아 전역에서 대중적으로 사용되고 있는 옷감을 말한다. 붉은 바탕에 흰색으로 프린트한 양식화된 사과꽃 문양 때문에 붙여진 이름이다.

는 힘없이 입으로 가져간다. 앞니가 빠진 아이. 아이는 앞니 대신 송곳니로 사과를 깨물려고 애쓴다. 순간, 여위고 튼 아이의 뺨 위로 전율이 스친다. 동시에 가느다란 아이의 눈도 질끈 감긴다. 사과가 시구나. 아이의 작은 코가 찡그려진다. 아이는 훌쩍 코를 들이마신다.

너는 가을 햇살에 등을 돌린 채 다리 난간에 기대고 있다. 폴레코므리 시 북쪽에 있는 이 다리가 가로지르고 있는 강은 바짝 마른 강바닥을 그대로 드러내 놓고 있다. 아프가니스탄 북쪽에서 카불로 향하는 도로를 타게 되면 반드시 이 다리를 건너게 된다. 그리고 다리를 지나 왼쪽의 황량한 언덕들 위로 구불거리는 흙길을 따라가면 카르카르 탄광이 나온다…….

야씬이 칭얼거린다. 탄광으로 가는 길을 멍하니 바라보고 있던 네가 그 소리에 정신을 차린다. 손자녀석이 사과를 깨물지 못하고 있다. 가만있자, 칼을 어디다 두었더라? 너는 주머니 속을 뒤져 칼을 찾아낸다. 손자의 손에서 사과를 받아들어 둘로 쪼갠 후, 다시 반으로 쪼개어 아이의 손에 쥐어 준다. 칼을 다시 주머니 속에 집어넣는다. 그리고 두 팔을 엇걸쳐 팔짱을 지른다.

그러고 보니 담배를 씹지 않은 지 오래 되었구나. 나스와르*통을 어디다 두었지? 너는 다시 주머니를 뒤져서 그것을 꺼낸다. 그리고 두 손가락으로 나스와르를 조금 집어 입에 넣는다. 통을 닫기 전 뚜껑 안쪽에 달린 거울을 슬쩍 들여다본다. 네 가느다란 두 눈은 안공 속으로 움푹 들어가 있다. 무정한 시간은 네 눈 주위에 세월이 흐른 자국을 구불구불한 선으로 남겨 놓았다. 마치 두 개의 구멍 주위에 얽혀 있는 지렁이들처럼, 먹이를 덮칠 틈만 노리고 있는 허기진 벌레들처럼……. 네가 두르고 있는 커다란 터번은 거의 다 풀린 상태이다. 터번의 무게로 짓눌린 네 머리가 어깨 사이에 파묻혀 있다. 터번은 먼지로 덮여 있다. 어쩌면 그 먼지들이 터번을 그처럼 무겁게 만들었는지도 모른다. 햇빛에 바래서, 혹은 먼지에 덮여서 터번의 본래 색깔은 추측조차 할 수 없다.

자, 이제 그만 뚜껑을 덮으렴. 나스와르 통을 제자리에 넣어! 다른 걸 생각하는 거다, 다른 곳을 쳐다보란 말이다!

너는 통을 주머니에 넣는다. 반백의 수염을 쓰다듬는다. 그리고 무릎을 두 팔로 껴안은 채 지친 네 그림자를 고정시킨다. 다리 난간 창살의 가지런한 그림자에 네 그림자가 겹친다.

---

* 녹색의 마취제 혼합물.

군용 트럭 한 대가 덜컹거리며 다리 위를 지나간다. 차 문 위에 붉은 별이 보란 듯이 붙어 있다. 요란한 트럭 소리가 네 졸음을 깨웠구나. 달리는 차를 따라가며 먼지가 일어나더니 이내 다리 전체를 점령해 버린다. 그리곤 아주 천천히 다시 내려앉는다. 먼지는 어디든 내려앉는다. 사과 위로, 터번 위로, 네 눈썹 위로……. 너는 먼지가 야씬의 사과 위에 내리지 못하도록 두 손으로 사과를 덮는다.

　— 하지 마!

　손자녀석이 소리친다. 아이는 네 손 때문에 사과를 먹을 수가 없다.

　— 먼지까지 먹게 되잖니.

　— 하지 마!

　그래, 그 애를 가만히 내버려두렴. 네 자신이나 신경 쓰려무나. 먼지가 네 입과 코까지 덮고 있지 않느냐. 너는 씹고 있던 나스와르를 멀리 내뱉는다. 이번에도 나스와르 찌꺼기는 이미 네가 뱉어 놓은 다섯 개의 녹색 반점들 옆으로 떨어진다. 너는 터번의 한쪽 끝으로 입과 코를 막는다. 그리고 다리 입구에 서 있는 검은색 페인트칠의 건널목 초소를 흘깃 바라본다. 탄광으로 가는 길은 저기서부터 시작된다. 작은 창문에서 연기가 새어 나온다. 잠시 망설이던 너는 한 손으로는 다리의 녹슨 난간을 잡고, 다른 한 손으로는 붉은 보따리를 거머쥔다. 그리곤 일어나서 절룩거리며 초소를 향해 걸어간다. 야씬도 따라 일어난다. 네 웃옷자락을 꼭 쥐고서 너의 뒤를 따른다. 초소에 이른다. 넌 창문 없는 창구로 머리를 들이민다. 창구 안은 연기로 자욱하다. 그곳에서 석탄 냄새와 덥고 습한 공기가 흘러 나온다. 건널목지기는 네가 조금 전에 보았던 바로 그 자리에 그대로, 한쪽 벽에 등을 기댄 채 앉아 있다. 여전히 졸고 있구나. 아까보다 모자를 좀더 깊이 눌러쓰고 있는 것 같다. 그뿐! 그외에는 모든 것이 그대로이다. 핏기 없는 그의 입술 한쪽에서 반쯤 타들어 가고 있는 담배까지도……

기침이라도 하렴!

너는 기침을 한다. 하지만 그 소리는 건널목지기의 귀에 미처 닿지 못한다. 그러니 그가 어찌 대답하리오! 다시 한 번 기침을 해봐. 자, 조금 더 크게! 그는 여전히 듣지 못한다. 설마 석탄 가스 때문에 질식한 건 아닐 테지. 드디어 네가 그를 깨운다.

— 이보게, 형제……

— 이번엔 또 무슨 일이십니까, 영감님?

다행이다, 그가 말을 하잖니. 살아 있어. 하지만 그는 여전히 움직이지 않는다. 모자챙에 가려진 두 눈도 여전히 감겨 있다……. 무슨 말인가를 하려고 네 혀가 막 움직이려 한다. 아니 잠깐! 그의 말을 끊지 말아라!

— ……영감님 때문에 미치겠어요! 내가 벌써 마흔 번*도 더
넘게 말했잖아요. 차가 오면 내가 그 바퀴 밑에 깔리는 한이 있
더라도 영감님을 탄광으로 데려다 주라고 말하겠다니까 그러
시네! 뭘 더 원하시는 거예요? 지금까지 차가 한 대라도 지나가
는 걸 봤어요? 아니잖아요. 그런데 대체 왜 이러시는 거예요!
증인이라도 필요해요?

— 미안하네, 형제! 차가 아직 지나가지 않았다는 건 나도 알
고 있네. 하지만 혹시라도 자네가 우릴 잊었을까 봐 걱정이 돼
서 말이야…….

— 내가 어떻게 영감님을 잊어버리겠어요? 영감님 이야기요?
내가 줄줄 다 외우고 있다구요. 들어 보실래요? 영감님 아들이
탄광에서 일하고 있고, 영감님은 손자와 함께 그 아들을 보러
왔는데…….

— 어이구, 고맙기도 해라. 다 기억하고 있구먼……. 실은 제
대로 기억하지 못하는 건 바로 나라오. 난 또 자네한테 아무 말
도 안한 줄 알았지……. 다른 사람들도 나처럼 잘 잊어버릴지
모른다고 생각했지 뭐요……. 미안하오, 형제……. 자넬 귀찮게
했소이다그려.

---

* 우리 식으로라면 백 번도 더 넘게라는 표현이다. 페르시아 사람들은 40이라는
숫자를 좋아하는데, 이 숫자의 상징성은 모슬렘 신화에서 유래한다.

사실 네 가슴은 슬픔이 북받치고 있다. 친구도 낯선 사람도 누구든 네 마음을 사로잡지 못한 지 오래 되었다. 가까운 사람이나 낯선 이의 따뜻한 말 한 마디에 위로를 받았던 적이 언제이던가……. 아주 오래 전 일이 되었구나……. 넌 뭔가를 말하고 싶고, 뭔가 되돌아오는 응답의 말을 듣고 싶을 거야. 그러니지금 말해 보렴, 말해 보라니까! 하지만…… 건널목지기에게선 돌아오는 말이 있을 것 같지 않다! 그는 네 말을 들으려 하지 않을 것이다. 그는 자신의 생각에 골몰해 있어. 자기 생각에 빠져 있는 거야. 자신의 고독 속에 갇혀 있는 거지. 그러니 아무래도 그를 조용히 내버려두는 게 좋겠다.

너는 초소 앞에 붙박인 듯 서 있다. 아무 말 없이. 네 시선은 점점 멀리 달아나더니 파도치는 계곡들 너머로까지 날아간다. 언덕들은 삭막하고 가시덤불만 무성하다. 그리고…… 평온하다……. 저 언덕들이 끝나는 곳에 네 아들 무라가 있지.

네 시선이 계곡에서 돌아온다. 그리고 초소 안으로 들어간다. 너는 건널목지기에게 말하고 싶다. 여기서 차를 기다리고 있는 건 오로지 네 손자 야씬 때문이라고. 만일 너 혼자였다면, 벌써 오래 전에 걸어서 갔을 거라고. 네 시간을 걷든 다섯 시간을 걷든 그런 건 상관 없노라고. 넌 새벽부터 밤까지 대지 위에 두 다리로 굳건히 서서 노동을 해온 사람이요, 그러니 튼튼하고 용감한 사나이라고. 게다가…… 넌 이런 말들을 그에게 하고 싶은 게지. 그런데? 이 남자에게 굳이 그런 말을 할 필요가 있을까? 네가 그런 말을 한다고 해서 그가 달라질 것 같으냐? 달라질 건 하나도 없어! 그러니 그가 조용히 자도록 내버려두렴. 평화롭게 자게나, 형제여……. 우린 곧 떠날 걸세. 더 이상 자네를 귀찮게 하지 않겠네.

하지만 넌 움직이지 않는다. 한 마디 말 없이, 그저 그 자리에 꼼짝 않고 서 있을 뿐이다.

발 밑에서 돌들이 부딪치는 소리가 나자 너는 그제야 야씬의 존재를 떠올린다. 저쪽에 웅크리고 앉아 있는 아이는 사과 한 조각을 두 개의 돌들 사이에 끼워 놓고 으깨는 중이다.

— 뭐하는 거냐, 얘야? 맙소사! 사과를 먹어야지, 그렇게 하면 쓰겠니!

너는 야씬의 어깨를 잡고 일으켜 세운다.

아이가 소리친다.

— 하지 마! 이거 놔! 왜 이 돌들은 아무 소리도 내지 않는 거야?

초소에서 새어나오는 석탄 냄새에 막 튀어나오는 건널목지기의 고함 소리가 뒤섞인다.

— 당신들 때문에 내 머리가 돌 지경이오! 그 꼬마 녀석을 잠시라도 좀 조용히 있도록 할 수 없어요?

너는 사과할 시간도 없이, 아니 더 정확히 말해 그렇게 할 용기가 없어서 야씬을 낚아채듯 급히 다리 쪽으로 끌고 간다. 너는 화가 난다. 아까 있던 자리로 돌아가서 난간에 기댄다. 옆에 보따리를 내려놓고 손자를 끌어안으며 꾸짖는다.

— 좀 조용히 못하겠니!

넌 지금 누구에게 그 말을 하고 있는 거냐? 야씬에게? 그 아이는 돌멩이가 부딪치는 소리조차 듣지 못한다. 그런 그 애가 떨리는 너의 그 약한 목소리를 어찌 들을 수 있으랴! 야씬의 세계는 이제 전혀 다른 세계가 되어 버렸다. 들리지 않는 세계. 말없는 세계. 소리가 없는 세계. 막막한 세계. 본래부터 귀머거리였던 건 아닌데…… 그런데 지금은 그렇게 되고 말았다. 아이는 그 사실조차 깨닫지 못한다. 갑자기 온 세계가 소리를 빼앗겼다는 데 적잖이 당황하고 있을 뿐. 며칠 전까지만 해도 모든 것이 지금과 달랐지. 네가 야씬 같은 아이가 되었다고 생각해 봐라. 며칠 전까지만 해도 들을 수 있었고, 귀멂이 무슨 뜻인지조차 몰랐던 아이라고 상상해 보란 말이다. 그런 네가 어느 날 갑자기 아무것도 들을 수 없게 되었다. 왜? 어째서 아무 소리도 들리지 않는 거지? 어리둥절한 네게 귀머거리가 되었음을 말해 준다는 건 어리석은 일이리라! 갑자기 아무 소리도 들리지 않고, 넌 그 까닭을 이해하지 못한다. 더욱이나 더 이상 들을 수 없다는 건 상상도 하지 못한다. 넌 갑자기 세상 사람들 모두가 벙어리가 되었다고 믿는다. 사람들에게서 목소리가 사라졌으며, 돌들도 더 이상 소리를 내지 않는다고. 온 세상이 침묵에 잠겼다……. 이상해, 그런데도 사람들은 왜 입술을 움직이는 걸까?

의문으로 가득 찬 야씬의 작은 머리가 너의 웃옷 속을 파고든다.

너는 눈을 들어 다리 저편을 훑어본다. 바짝 마른 강바닥은 검은 돌들과 가시덤불들의 요람이 되어 버렸다. 네 시선은 강 저편의 멀리 보이는 산들로 향한다……. 산들의 형체가 무라의 실루엣과 뒤섞인다. 무라가 지금 네 앞에 서서 묻고 있다.

— 여기까지 찾아오시다니 어쩐 일이세요, 아버지? 모두들 별일 없지요?

한 주일 전부터 이 얼굴과 이 질문이 밤낮으로 네 마음을 온통 사로잡고 있었다. 이 질문이 네 피를 바짝바짝 마르게 한다. 그래, 네 머리로 그 대답을 할 수 있겠느냐?! 아, 이 질문이 존재하지 않을 수 있다면! 아들이 '왜!' 라고 묻지 않을 수만 있다면 얼마나 좋으랴! 그래, 너는 그냥 아들의 소식을 들으려고 여기까지 온 거야. 단순히 그뿐이다. 하지만 결국엔…… 아니, 여느 아버지들과 마찬가지로 너도 가끔씩 아들의 생각을 하게 되고, 그래서 그의 안부가 궁금하여 왔을 뿐이다. 그게 어디 잘못인가? 아니, 아니다……. 네가 이곳에 왜 왔는지를 모른다는 건 있을 수 없는 일이다…….

넌 다시 주머니에서 나스와르 통을 찾는다. 나스와르를 손바닥에 조금 붓고는 손가락으로 집어 혀 밑에 넣는다. 산다는 게 간단한 일이라면, 나스와르나 졸음처럼 즐거움으로만 이루어진 거라면, 그렇다면 오죽이나 좋으랴마는……. 네 시선은 다시 멀리 있는 산봉우리들 너머를 헤맨다.

무라의 얼굴이 산들과 겹친다. 바위들이 점점 더 뜨거워진다. 바위들은 벌겋게 타오르는 석탄덩어리가 된다. 산은 거대한 숯불덩이다. 숯불이 타올라 산을 삼키더니, 마침내 네 옆에 있는 바짝 마른 강바닥까지 훑어내린다. 너는 이편 강둑에 서 있다. 무라는 저편 강둑에 서 있다. 무라는 계속해서 네가 온 까닭을 묻는다. 왜 아버지 혼자서 야씬을 데려오신 겁니까? 왜 아버지는 야씬에게 소리나지 않는 돌멩이들을 주신 거예요?

그러면서 무라는 강바닥으로 내려온다. 다급해진 네가 소리치기 시작한다.

— 안 돼! 무라, 내 아들아, 오지 마! 거기 서 있어! 강이 온통 불구덩이구나. 그러다 불에 타죽겠다! 제발, 이리로 오지 마!

누가 이런 일을 믿을 수 있을까 하고 너는 생각한다. 불구덩이가 된 강이라? 넌 지금 정신이 나가서 헛소리를 하는 게야! 봐라, 무라가 강을 건너오고 있지만 불에 탄 자국은 전혀 없지 않느냐. 아니, 그럴 리 없어. 틀림없이 타들어가고 있을 거야. 다만 그걸 보이지 않고 있을 뿐이야. 무라는 용감한 사내다. 그는 울지 않는다. 저 애를 좀 봐. 온몸에서 땀이 비 오듯 하는구나. 너는 다시 소리치기 시작한다.

— 무라, 거기 서 있으라니까! 강이 온통 불구덩이다!

하지만 무라는 여전히 너를 향해 오면서 묻는다.

— 아버지, 여기까지 왜 오신 거예요? 왜 오신 거냐구요?

어디선가, 아니 아무 데도 아닌 곳에서 무라의 어미, 네 아내의 목소리가 들려 온다.

— 다스타기르, 그 애더러 저쪽에 가 있으라고 해요. 그리고 당신이 강을 건너가세요! 가서 나의 이 골레세브 스카프로 아이의 땀을 닦아 주세요. 당신이 들고 있는 그 보따리 보자기로 말이에요! 아들의 목숨을 구할 수만 있다면, 내 스카프들을 몽

땅 다 가져가세요!

네 눈썹이 치켜 올라간다. 네 몸에서 식은땀이 흐르는 게 느껴진다. 조용히 잠들 수 있다면 얼마나 좋을까. 네가 평화로이 잠들지 못한 지 벌써 일 주일이 되었구나. 눈을 감기만 하면 무라와 그의 어머니가 보이고, 야씬과 그 아이의 엄마가 나타난다. 그리고 흙먼지와 불꽃들과 아우성 소리와 눈물들이 사방에서 흩날린다……. 그러면 너는 어찌할 수 없어서 다시 눈을 떠야 한다. 네 두 눈은 불타는 듯하다. 불면증으로 타들어가는 눈. 네 눈은 더 이상 앞을 볼 수가 없다. 쇠약해질 대로 쇠약해지고, 지칠 대로 지쳤다. 기진맥진한데다 불면증까지 겹친 너는 매순간 깜박깜박 반수면 상태에 빠져 들어간다. 그리고 그때마다 수많은 환상들이 마구 뒤엉켜 나타난다……. 마치 네가 그런 기억들과 환영들 때문에 살고 있는 것처럼. 네가 체험했던, 그러나 결코 체험하고 싶지 않았던 그 기억들과 환영들. 그것은 아직도 널 기다리고 있는 환상이며, 또한 네가 절대로 다시 겪고 싶지 않은 환상이기도 하다.

아이처럼, 야씬처럼 잠들 수 있어야 하는데……. 야씬처럼이라고?

아니, 그 아이처럼은 아니다! 야씬을 제외한 모든 아이들처럼. 야씬은 자면서도 신음하고 흐느낀다. 그 아이의 잠은 너의 잠과 조금도 다를 게 없지.

갓 태어난 아기처럼, 아무런 환상도 기억도 꿈도 없는 신생아처럼 잠들 수 있어야 한다. 막 태어난 아기, 처음 생을 시작하는 아기처럼.

하지만 불행하게도 그것은 불가능하구나.

너는 삶을 새로이 다시 시작하고 싶겠지. 설령 그것이 단 하루, 단 한 시간, 단 일 분, 심지어 단 일 초 동안의 삶이라 할지라도.

너는 무라가 고향 마을을 떠나던 순간, 네 집의 문지방을 넘어서던 그 순간을 떠올린다. 너는 그때 그 애와 함께 떠났어야 했다. 아내와 자식들과 손자들을 데리고 다른 마을로 떠났어야 했어. 폴레코므리로 올 수도 있었을 텐데. 거주할 땅이 없어도, 경작할 밭이 없어도 상관 없었는데. 망할 놈의 밀밭! 그까짓 게 다 뭐라고……. 넌 무라를 따라 탄광으로 가서, 함께 일하면서 그를 격려해 주었어야 했어. 그랬다면 오늘처럼 네가 불쑥 나타난 이유를 설명하지 않아도 되었을 텐데.

그런데…….

무라가 탄광에서 보낸 지난 4년 동안 너는 한 번도 그 애를 방문하지 않았지. 그 아내와 아들을 네게 맡겨 놓고, 돈을 벌겠다고 탄광으로 들어간 지 벌써 4년이로구나.

사실을 말하자면, 무라는 마을과 마을 사람들로부터 도망친 거였다. 그는 되도록 고향 마을에서 멀어지고 싶었다. 그래서 떠났다……. 천만다행으로 그 애가 떠났다.

4년 전, 이웃 사촌인 야쿠브 샤의 비열한 아들놈이 무라의 아내를 유혹했었지. 그걸 며느리가 무라에게 이야기했고, 무라는 그 말이 끝나기가 무섭게 덥석 삽자루를 집어들고서 한달음에 야쿠브 샤의 집으로 달려갔다. 그리고는 그의 아들을 불러내 아무런 설명도 없이 다짜고짜 달려들어 삽으로 머리를 내리쳤다. 야쿠브 샤는 상처입은 아들을 마을위원회로 데려갔고, 덕분에 무라는 6개월간 옥살이를 하여야 했다.

무라는 감옥에서 풀려나자 곧 짐을 꾸려 탄광으로 떠나 버렸다. 그 이후로 꼭 네 차례 고향을 다녀갔을 뿐이다. 마지막으로 고향을 다녀간 지 근 한 달이 흘렀구나. 그런데 겨우 한 달 만에 지금 네가 그 애의 아들을 데리고 여기까지 온 것이다. 그러니 당연히 그러한 까닭을 묻겠지!

— 할아버지, 물!

산 속을 헤매던 네 시선은 야씬의 외침에 미끄러지듯 산을 내려와 쩍쩍 갈라진 강바닥을 훑는다. 그리곤 곧 애타게 물을 찾는 손자녀석의 튼 입술 위에 머무른다.

— 어디 가서 물을 얻어 오란 소리냐?

넌 재빨리 건널목지기의 초소로 눈길을 돌린다. 그에게 감히 또다시 물을 청할 용기가 없다. 오늘 아침에도 야씬을 위해 그의 주전자에 있는 물을 다 비웠기 때문이다. 한 번 더 그에게 물을 청했다간…… 그는 틀림없이 화를 낼 것이다. 어쩌면 네 얼굴에다 물 주전자를 내던져 버릴지도 모르지……. 차라리 다른 곳에 가서 청하는 게 나으리라…….

너는 세차게 내리비치는 햇볕을 가리기 위해 손을 차양삼아 이마에 얹고서 다리의 맞은편 끝을 바라본다. 그곳에 작은 구멍가게 하나가 있다. 오늘 아침 그곳에서 탄광으로 가는 길을 물었었지. 가게 주인은 아주 친절하게 대답해 주었다. 그래, 그곳에 가서 물을 청해 보자꾸나! 너는 몸을 일으킨다. 하지만 갑자기 무슨 생각을 하였는지 그 자리에 못박힌 듯 서서 움직이지 않는다. 만약 그 사이에 탄광으로 가는 차가 지나가 버리면 어떻게 하나…? 건널목지기가 이 자리에 네가 없는 걸 보면 어떻게 하지? 아, 그렇게 되면 이제까지의 기다림은 모두 허사가 되고 만다! 안 돼, 여기 그냥 있어야 해! 건널목지기는 널 찾아서까지 차에 태워 줄 만큼 참을성 있는 사람이 못 돼……. 안 돼, 다스타기르, 그냥 현명하게 이 자리에 있거라.

— 물! 물! 물 마실래!

야씬이 칭얼거린다. 넌 무릎을 굽히고 보따리 안에서 사과 한 개를 꺼내 손자에게 내민다.

— 싫어, 물 마시고 싶어!

넌 사과를 땅에 떨어뜨리고 만다. 사과를 주워담고, 마지막 있는 힘을 다해 몸을 일으켜 세우는 너. 한 손으로는 야씬을 잡고, 다른 한 손으로는 보따리를 거머쥔다. 그리고는 투덜대면서 구멍가게를 향해 바삐 걷는다.

구멍가게는 대들보와 세 개의 흙벽으로 둘러쳐진 작은 가건물이다. 약간 무질서하게 배열된 나무판들이 진열대를 이루고 있다. 나무판들 위에 세워 놓은 투명 플라스틱판들이 진열창을 대신한다. 창구 뒤에 한 남자가 앉아 있다. 검은 수염의 남자. 깎은 머리 위에는 장식끈이 달린 반구형의 모자가 얹혀 있고, 검은 조끼를 입었다. 그의 호리호리한 상반신은 커다란 저울에 거의 가려져 잘 보이지 않는다. 그는 머리를 숙인 채 책 읽는 데 몰두해 있다. 네 발자국 소리와 중얼거리는 소리가 들렸는지 그가 눈을 들더니 안경을 고쳐 쓴다. 약간 수심어린 표정임에도 불구하고, 돋보기 렌즈 덕분에 더욱 강렬한 빛을 발하고 있는 그의 눈빛을 보면 누구라도 놀랄 것 같다. 그의 입술에 친절한 미소가 나타난다. 그가 너를 반가이 맞으며 묻는다.

— 탄광에 다녀오시는 길입니까?

너는 씹고 있던 나스와르를 땅에다 뱉는다. 그리곤 조심스럽게 대답한다.

— 아니오, 형제. 우린 아직 그곳에 가지 못했소이다. 이제껏 탄광으로 가는 차를 기다리고 있는 중이라오. 그런데 손자녀석이 목이 마르다며 물을 마시고 싶어해서…… 실례인 줄 아오만, 괜찮다면 우리 아이에게 물을 좀…….

가게 주인은 물 주전자를 쥐고서 구리잔에 물을 따른다.

그의 등뒤에 있는 벽에 커다란 그림이 그려져 있다. 거대한 바위 뒤에서 마귀를 두 팔로 결박하고 있는 건장한 남자의 그림이다. 남자도 마귀도 도랑에 빠진 늙은이를 곁눈질로 바라보고 있다.

가게 주인은 야씬에게 물잔을 내밀면서 네게 말을 건넨다.

— 먼길을 오셨습니까?

— 아브쿨에서 왔소이다. 우리 아들이 탄광에서 일을 하고 있지요. 그 애를 만나러 가는 길이라오.

너는 건널목지기의 초소를 바라본다. 가게 주인이 묻는다.

— 그 마을에 좋지 않은 일이 일어났다면서요?

가게 주인이 무슨 말이든 걸어 보려고 하지만 넌 저쪽 초소만 물끄러미 바라다보고 있다. 너는 말이 없다. 마치 아무 말도 듣지 못한 것처럼. 아니, 실은 듣고 싶지 않은 것이다. 혹은 대답하고 싶지 않은 거겠지. 이보게, 형제. 다스타기르를 좀 조용히 내버려두게나.

— 지난주에 소련군들이 쳐들어 와서 그 마을을 온통 쑥대밭으로 만들어 버렸다던데 사실입니까?

이래서 넌 도무지 평화를 누릴 수가 없구나. 넌 단지 물을 얻으러 여기에 온 거지 눈물을 보이려 온 게 아닌데. 그저 물 한 모금만 얻으러 왔을 뿐인데! 자, 형제여. 제발 부탁이니 우리의 상처에 소금을 뿌리는 일만은 말아 주게나.

그런데 다스타기르, 어찌된 일이냐? 조금 전까지만 해도 넌 슬픔이 복받쳐 있었지. 그래서 누구에게나 아무 말이든 하고 싶어했었어. 그런데 지금 이렇게 네가 마음을 털어놓을 만한 사람이 있지 않느냐! 바라보는 눈길만으로도 이미 위로가 되는 그런 사람이 지금 여기에 있지 않은가 말이다. 그러니 그에게 무슨 말이라도 하렴! 건널목지기의 초소에서 눈을 떼지 않은 채 네가 대답한다.

— 그렇다오, 형제. 나도 그 마을에 있었소이다. 모든 걸 다 봤지요. 바로 나 자신의 죽음까지도 봤으니 말이오.

너는 입을 다문다. 말을 계속하다 보면, 그래서 그와 대화를 하기 시작하면 차가 지나가는 걸 놓칠지도 모르기 때문이다.

가게 주인이 안경을 벗는다. 그러더니 창구 쪽으로 고개를 내밀고, 네가 무얼 그토록 열심히 바라다보는지 그 시선을 따라가 본다. 그리고 건널목지기의 초소에 시선이 닿자 알겠다는 듯이 말을 건넨다.

— 어르신, 차가 지나가려면 아직 멀었습니다. 탄광으로 가는 차는 항상 세 시나 되어야 오거든요. 아직 두 시간이나 남았어요.

— 세 시라고 했소? 그렇다면 건널목지기는 어째서 그런 말을 해주지 않았을까?

— 그 친구가 잘 몰라서 그랬을 겁니다! 그를 너무 원망하진 마세요. 차가 지나가는 시간이 일정치 않거든요. 이 나라에서 제 시간을 지키는 게 어디 있습니까? 오늘은…….

— 할아버지, 대추!

야씬의 돌연한 목소리에 가게 주인이 하던 말을 멈춘다. 너는 야씬의 손에서 물잔을 받아든다. 아직 다 마시지 않았다.

— 우선 이 물부터 다 마셔야지.

— 대추 먹고 싶어!!!

너는 물잔을 아이의 입에 가져다 대고, 그것을 다 마시지 않으면 안 된다는 뜻의 단호한 표정을 짓는다. 야씬은 고개를 돌리면서 떼쓰듯 소리지른다.

— 대추! 대추!

가게 주인이 창구를 통해 야씬에게 대추 한 줌을 내민다. 야씬은 그것을 받아들더니 네 발 밑에 주저앉는다. 너는 그 자리에 서 있다. 한 손에 물잔을 든 채 마음을 진정시키려고 애쓴다. 라 하울!* 넌 깊은 한숨을 쉬고는 풀 죽은 표정으로 내뱉는다.

— 이 아이 때문에 미칠 지경이라오.

— 그런 말씀 마세요, 어르신. 아직 어린아이인데 뭘 그러십니까? 어려서 뭐가 뭔지 아직 이해를 못할 나이 아닙니까?

너는 방금 전보다 더 깊이, 더 고통스럽게 한숨을 내쉰다. 네가 말한다.

— 형제여, 이 아이는 상황을 이해하지 못해서 이러는 게 아니라오……. 이 아인…… 귀머거리가 되어 버린 거외다.

— 저런! 신의 은총으로 회복되기를! 그렇다면 아이에게 무슨 일이 있었던 겁니까?

너는 손자의 물잔을 비우고 말을 잇는다.

— 마을이 폭격당하였을 때 아이의 귀가 멀고 말았지요. 나도 뭐가 어떻게 된 건지 알 수가 없구려. 방금 전에 보았듯이

---

* 라 하울 왈라……(코란), 문자적으로는 신만이 판단하실 능력이 있다라는 뜻. 화를 삭일 때 사용되는 감탄사가 되어 버렸다.

지금도 나는 아이에게 말을 걸고 꾸짖고 한다오……. 예전처럼 말이외다…….

너는 말을 하면서 창구 안으로 물잔을 들이민다. 가게 안의 남자가 그것을 받아든다. 연민으로 가득 찬 그의 시선이 야셴에게 잠시 머물더니 네게로 향한다. 그리고 다시 비어 있는 물잔으로 향한다……. 그는 침묵을 지키는 편이 낫겠다고 생각하였는지…… 아무 말 없이 약간 뒤로 물러나 앉는다. 그의 손이 선반 위에 놓인 작은 찻잔을 더듬는다. 그리고 거기다 차를 따라 네게 내민다.

— 차 한 잔 드세요, 어르신. 기운이 하나도 없어 보입니다. 아직은 시간이 그리 촉박하진 않아요. 탄광으로 가는 차들이라면 제가 훤히 꿰고 있답니다. 탄광행 차가 오면 곧장 알려 드릴 테니 절 믿으시고 염려일랑 놓으세요.

너는 건널목지기가 있는 방향을 흘깃 바라본다. 그리고 잠시 망설이다가 차를 마신다.

— 형제는 참으로 친절한 사람이구려. 형제의 조상들 모두가 편히 잠드시기를!

남자는 차를 마시는 네 모습을 보면서 따뜻한 미소를 짓는다.

— 어르신, 추우시면 이 안으로 들어오세요. 아이도 추울 듯하니 들어오게 하지요.

— 신께서 축복하시길! 형제여, 우린 여기가 좋소이다. 햇볕

이 있어서 춥진 않아요. 게다가 형제를 귀찮게 하고 싶지 않구려. 더군다나 그 사이에 차라도 지나가면…… 따뜻한 차도 잘 마셨고, 몸도 잘 쉬었소이다.

— 어르신, 아까도 말씀드렸지만 탄광으로 가는 차가 오면 제가 알려 드릴 테니 안으로 들어와서 기다리세요. 여기서도 차가 오는 게 다 보인답니다. 이곳에 들어오고 싶지 않아서 그러시는 거라면 모르겠지만 말씀입니다.

— 신께서 아시겠지만, 형제여, 그 안에 들어가고 싶지 않아서가 아니라오. 저 건널목지기가 차를 세워 기다리게 해줄 만큼 참을성 있는 사람 같지가 않아서 그런다오.

— 저만 믿으세요, 어르신. 그가 통행증을 건네 주고 건널목을 올리러 가기까지는 제법 시간이 걸린답니다. 게다가 저 친구도 그리 심술궂은 사람은 아니에요. 저 친구를 잘 알지요. 이곳에 와서 시간을 보내고 갈 때가 많으니까요. 절대로 심술궂은 사람이 아닌데, 요즘은 크나큰 슬픔을 당해서 좀 신경질적이 되긴 했습니다.

남자는 잠시 말을 끊더니 입에 담배를 물고 불을 붙인다. 그리고 나지막이 다시 말을 잇는다.

— 어르신도 아시겠지만, 때때로 고통은 녹아내려서 우리의 눈으로 흘러 나오기도 합니다. 그런가 하면 면도날처럼 날카로

운 말이 되어 입술 사이로 새어 나오기도 하지요. 아니면 우리 안에서 폭탄으로 변해 어느 날 갑작스런 폭발로 우리를 파열시키기도 하고 말입니다……. 건널목지기 파테의 슬픔은 이 세 가지 모두가 합쳐진 거지요. 그의 슬픔은 날 보러 올 때면 눈물이 되어 흘러 나오지만, 자기 초소로 돌아가면 폭탄으로 변한답니다……. 그러다가 다른 사람들을 만나면 날카로운 칼날이 되어 버리지요. 그럴 때면 저 친구는…….

그 뒤에 이어지는 말들은 더 이상 네게 들리지 않는다. 넌 지금 네 마음 깊은 곳에서 헤매고 있다. 너의 비탄이 웅크리고 앉아 있는 그곳에서. 그렇다면 너의 슬픔은? 그것은 눈물로 변했던가? 아니 그랬더라면 실컷 울기라도 했을 텐데. 칼날로 변했던가? 아니 그것도 아니다. 아직 누구에게든 상처를 입히진 않았으니까. 그렇다면 폭탄으로 변했던가? 그것도 아니지. 아직까지 살아 있으니 말이다. 넌 너의 슬픔을 제대로 묘사할 수가 없다. 네 슬픔은 아직 어떤 형태도 갖추지 않았다. 아직은 너무 이른 탓이리라. 형체를 입기 전에 그 슬픔이 사라져 버릴 수 있다면, 없어질 수 있다면 얼마나 좋으랴……. 그것은 사라질 것이다. 그것만은 의심의 여지없이 분명하다. 그럼 그렇고말고……. 네 아들 무라를 보는 순간에…… 무라, 그런데 넌 지금 어디에 있단 말이냐?

— 어르신, 무슨 생각을 그리도 골똘히 하고 계십니까?

남자의 질문으로 네 내부의 여행이 중단된다. 너는 겸손하게 대답한다.

— 아무 생각도 하지 않았소. 그저 슬픔에 대해서 하는 이야기를 듣고 있었을 뿐이외다……

너는 남자에게 찻잔을 건네 준다. 그리고 주머니를 뒤져 나스와르 통을 꺼낸다. 나스와르를 조금 집어 혓바닥 아래에 넣는다. 그런 다음 가게의 함석 지붕을 받치고 있는 나무 기둥에 등을 기대고 앉는다. 야쎈이 조용히 대추씨들을 가지고 놀고 있구나. 너는 그의 팔을 잡아 네게로 끌어당긴다. 뭔가를 이야기하려는 순간 발자국 소리가 네 생각을 바꿔 놓는다.

군복을 입은 사내가 다가온다.

— 샬람, 미르차 카디르.

— 왈레콤,* 하쉬마트 칸.

군인은 담배 한 갑을 사들고서 가게 주인과 몇 마디 말을 나눈다.

손자는 네 옆에서 개미 한 마리를 관찰하느라 정신이 없다.

---

* 아랍어 샬라암 알레이쿰이 변형된 표현으로 아프가니스탄에서 사용되는 인사말이다.

네가 뱉은 녹색의 나스와르 찌꺼기에 이끌려서 다가온 개미이다. 손자녀석은 대추씨 한 개를 이용해서 나스와르 찌꺼기와 흙과 개미를 한데 반죽한다. 개미는 녹색의 반죽덩어리 안에서 빠져 나오려고 있는 힘을 다해 발버둥친다.

군인이 미르차 카디르와 작별 인사를 나눈다. 그리고 네 앞을 지나간다.

야씬은 대추씨를 가지고서 군인의 발자국이 있는 쪽으로 흙덩어리를 옮겨 간다.

갑자기 개미가 보이지 않는다. 개미는 흙과 나스와르 찌꺼기와 함께 성큼성큼 걷는 군인의 구두 밑창에 달라붙은 채 사라져 버렸다.

미르차 카디르가 저울 뒤에 있던 자리에서 일어난다. 그리고 가게 한구석으로 가서 정오의 기도를 올린다.

성전에서든 집 안에서든 아무튼 네가 기도를 올리지 않은 지 벌써 일 주일이 지났구나. 네 옷은 기도를 올리기엔 너무나 불결하다. 일 주일 전부터 밤이나 낮이나 같은 옷만 입고 있으니. 신이여, 불쌍히 여기소서……

네가 기도를 올리든 올리지 않든, 분명한 진실은 신께서 조금도 네게 관심을 두고 계시지 않는다는 것이다. 그가 단 한순

간만이라도 네 생각을 하셨다면, 네 쓰라린 심정을 돌아보셨다면…! 슬프게도 신께서는 당신의 피조물들을 버리셨다…… 라하울! 다스타기르! 너 지금 무슨 생각을 하고 있는 거냐! 넌 지금 신을 모독하는 말을 하고 말았어! 사탄의 유혹에 재앙 있으리니! 다스타기르, 넌 저주를 받을 것이다!! 다른 생각을 해! 다른 걸 생각하라니까! 하지만 무슨 생각을 해야 하는 거지? 차라리 배고프다는 생각이라도 해라. 아닌게아니라 넌 배고픔도 느끼지 않느냐? 나스와르라도 뱉든지!

— 이것 보세요! 그러다간 혓바닥이 다 닳고 말겠어요. 내장까지도 녹아 버리고 말 거예요. 요즈음 들어서 당신은 종일 나스와르만 입에 달고 있잖아요.

아내의 목소리가 들려 온다. 식탁 앞에 앉을 때마다 듣던 소리. 특히 무라가 감옥에 갇혀 있던 동안엔 매일같이 들었던 말들이다. 항상 혀 밑에 나스와르를 달고 살았던 너는 끼니 때마다 어떻게든 식사를 하지 않으려고 갖은 애를 다 썼지. 잡초를 뽑아야 한다거나, 조금 남은 햇살이 좋다는 핑계로 네 집의 작은 정원을 어슬렁거리곤 했었다. 거기 꽃들 앞에 앉아서 네 슬픔을 흙에다 토해 놓곤 했었지. 그럴 때면 어김없이 아내의 목소리가 정원에 울려 퍼졌었다. 그녀의 목소리는 이렇게 말하였지. 네가 죽으면 흙이 되어서 마지막 심판의 날까지 담배초로 자라게 될 거라고. 또 네가 지옥에 가면 영원토록 담뱃불 속에서 타게 될 거라고……. 영원토록!

최후 심판의 날이 오려면 아직 멀었는데도 넌 벌써부터 불타고 있다. 지옥의 불꽃과 담뱃불이 무에 그리 두렵단 말인가!

너는 씹고 있던 나스와르를 멀리 내뱉는다. 그리고 붉은 보따리 안에서 빵 한 조각을 꺼내 야씬과 나누어 먹는다.

너의 치아들은 더 이상 쓸모가 없다. 아니 천만에. 며칠이 지나는 바람에 빵이 조금 딱딱해졌을 뿐이다. 네 몸에서 아직도 그나마 상태가 괜찮은 것이 있다면 그건 치아들이다. 진짜 문제는 먹을 빵이 없다는 것이지! 최소한 네가 선택이라도 할 수 있다면. 치아냐 빵이냐! 그것이 인간의 자유 의지라는 것일까?

너는 보따리 안에서 사과 한 개를 꺼낸다. 그리고 신을 향해 불평을 터뜨린다. 넌 신에게 그의 보좌에서 내려오시라고 청한다. 그리고 마치 신과 더불어 빵을 나누는 것처럼 골레세브 보자기를 펼친다. 그래, 너는 신으로 하여금 이런 운명을 주어 놓고도 널 나무랄 수 있는 것인지 묻고 싶은 거야…….

— 저 군인의 말로는 소련군들이 그 마을을 쑥밭으로 만들어 버렸다는군요.

너와 신 사이에 미르차 카디르가 불쑥 끼어든다. 너는 미르차 카디르가 그런 질문을 던져서, 곧 시작되었을 너와 신과의 전쟁을 막아 준 게 고맙기만 하다. 너는 신께 은총을 구한 후 미르차 카디르에게 말을 건넨다.

— 형제여, 그들은 단 한 명의 목숨도 남겨두지 않았소……. 나는 과연 신께서 우리의 어떤 점을 꾸짖고 싶으셨던 것인지를 생각하고 있는 중이라오……. 우리 마을은 완전히 잿더미로 변해 버렸소이다.

— 대체 무엇 때문에 그 마을을 공격한 겁니까?

— 형제여, 당신도 알지 않소. 이 나라에서는 왜라는 이유를 물으려면 무덤에 잠들어 있는 망자들에게 먼저 물어봐야 할 거외다. 그러니 난들 그 이유를 어찌 알겠소? 얼마 전 정부의 반군들 무리가 군대를 일으키러 왔었다오. 젊은이들 절반이 도망갔고, 나머지 반은 숨어 버렸지요. 그러자 그 민병대가 수색을 구실로 집집마다 약탈을 일삼고 짓밟았소이다. 그런데 밤이 되니 이번엔 이웃 마을 남자들이 와서 민병대를 학살했지 뭐요……. 그리고 다음날 아침 붉은 깃발들을 피해서 숨었던 젊은이들을 데리고 떠납디다……. 그러더니 다음날은 소련군들이 들이닥쳐 온 마을을 포위하는 게 아니겠소. 그날 난 방앗간에서 일을 하던 중이었다오. 갑자기 굉장한 폭음이 들리기에 놀라서 뛰어나왔지요. 밖으로 나오자 눈에 보이는 거라곤 온통 불

바다와 잿더미뿐이었소. 순간 정신 없이 집을 향해 뛰기 시작했다오. 그때 내가 어찌하여 도착 전에 파편이라도 맞아 죽어버리지 못했는지 모르겠소! 대체 내가 무슨 죄를 지었기에 죽지 않고 살아서 그렇게 처참한 꼴들을 두 눈으로 봐야 했단 말인지…….

너는 목이 메인다. 눈물이 솟구친다. 아니, 그것은 눈물이 아니다. 녹아서 흘러넘치는 건 바로 너의 슬픔이다. 그러니 하염없이 흐르도록 놓아두려무나.

사방의 벽 속에 갇혀 있는 미르차 카디르의 침묵은 흡사 그림 속의 침묵 같다. 등뒤의 벽에 그려진 그림 속의 인물 같은 그.

너는 말을 잇는다.

— 난 매캐한 연기와 불꽃 속을 뚫고 미친 듯이 달려갔소. 도중에 야씬의 어미를 봤는데…… 그 아이가 글쎄 발가벗은 채로 뛰어가고 있지 않겠소……. 울부짖는 게 아니라 웃고 있더이다……. 사방팔방으로 뛰어다니는 미친 여자가 되어 버렸던 거요. 며느리가 목욕탕에 있을 때 폭탄이 터진 거였소……. 목욕탕은 폭발로 완전히 날아갔지요……. 여자들은 모두 불에 타죽었거나 산 채로 돌더미에 깔렸소……. 하지만 내 며느리는……. 차라리 내가 두 눈을 잃어서 그 아이가 그처럼 부끄러운 모습을 하고 있는 꼴을 보지 못했더라면 얼마나 좋았겠소. 그 아이

를 붙잡으려 했는데, 그만 순식간에 불구덩이 속으로 사라지고 말았다오. 내가 어떻게 우리 집을 찾아갔는지 기억조차 나지 않는구려. 아무튼 집에는 아무것도 남아 있지 않았소……. 완전히 무덤으로 변해 있었지요. 아내와 둘째아들과 둘째며느리, 그리고 손자들의 무덤이었지…….

네 목은 이제 폭발 직전이다. 한 줄기 눈물이 흘러내린다. 너는 터번의 끝자락으로 눈물을 닦아낸다. 그리고 계속한다.

— 살아남은 이라곤 이 어린 손자뿐이었소. 그런데 이 애마저도 내 말을 알아들을 수 없게 되어 버린 것 아니겠소. 마치 돌에다 대고 이야기하는 것 같았지요. 그 사실을 알고 나니 마음이 갈가리 찢기는 것 같았다오……. 말을 한다는 것도 소용이 없더이다, 형제여. 다른 사람의 말을 들을 수 없을 땐, 말을 한다는 것도 아무 의미가 없는 거라오. 그건 눈물과 같은 거요…….

너는 야씬의 얼굴을 네 가슴에 꼭 끌어안는다. 아이는 고개를 들고서 너를 쳐다본다. 그리고 널 바라보면서 소리친다.

— 할아버지가 또 우네. 작은아버지도 죽었고, 할머니도 떠나 버렸어……. 카데르도 죽고, 엄마도 죽고!

야씬은 일 주일 전에 네가 우는 것을 본 후로 그 말을 계속해서 되풀이한다. 그리고 그 이야기를 할 때마다 폭탄이 터지는 광경을 손으로 묘사해 보인다.

— 폭탄 소리가 굉장히 컸어요. 그 소리가 모든 걸 조용하게 만들어 버렸어. 탱크들이 사람들의 목소리를 빼앗아 갔거든. 그것들이 할아버지의 목소리도 가져가 버렸어요. 그래서 할아버진 이제 말을 못해요. 그러니까 이젠 날 야단치지도 못해…….

아이가 웃더니 건널목지기의 초소를 향해 달려가기 시작한다. 네가 아이를 부른다.

— 이리 와! 어딜 가니?

소용 없는 일. 차라리 아이가 잠시 제멋대로 노닐도록 내버려두어라.

미르차 카드르는 아무 말이 없다. 너의 고통을 위로할 만한 말을 찾을 수가 없는 것이다. 한참 후 수염 속에서 그의 입술이 뭐라고 중얼거리는 듯하더니 네게 위로의 말을 건넨다.

그리고는 천천히 한 마디씩 이어 간다.

— 어르신, 지금은 죽은 자들이 살아 있는 이들보다 더 복되고 행복한 때이지요. 어쩌겠습니까! 험한 시대를 만난 겁니다. 우린 인간의 존엄성이라는 걸 잃어버렸어요. 권력이 인간의 신앙이 되었지요, 신앙이 우리의 힘이 되는 게 아니고 말입니다. 이제 인간이라는 이름에 어울리는 존엄성을 간직한 사람은 아무도 없지요. 용기 있는 사람도 없고 말입니다. 어느 누가 아직

도 로스탐*을 기억하고 있겠어요? 오늘날은 쇼라브*가 자기의 아버지를 살해하고, 이런 표현을 해서 죄송합니다만 자기의 어머니와 잠자리를 같이하는 세상이 되었으니……. 지금은 다시 조하크의 뱀*들의 시대가 되어 버렸어요. 젊은이들의 골을 빼먹고 살아가는 뱀들 말입니다…….

그는 잠시 말을 중단하고서 담배에 불을 붙인다. 그런 다음 벽에 그려진 그림을 손가락으로 가리키며 말을 잇는다.

— 젊은이들이야말로 오늘날의 조하크들이지요. 그들은 악마와 조약을 맺고 자기의 친아버지를 구덩이 속에다 밀어넣는 격이거든요……. 언젠가는 그들의 머리도 그 구덩이 속에 처박히고 말 겁니다.

그의 시선이 네 시선과 잠깐 마주친다. 네 눈은 다시 문 쪽으로 향한다. 네 눈 앞에 나타난 구멍가게는 한 칸이지만 크기가 꽤 넓다. 그 방의 한쪽 끝에 네 삼촌이 물파이프를 옆에 두고

---

* 로스탐은 잘의 아들로 《샤나메》(왕들의 書)의 전설적인 영웅이다. 11세기의 위대한 페르시아 시인 페르도우시가 쓴 이 유명한 대서사시는 동페르시아와 서페르시아, 두 왕국 사이의 전투 이야기를 담고 있다. 아들인 쇼라브의 존재를 알지 못했던 로스탐은 이 전쟁에서 적진에 있던 아들을 자신도 모르게 죽이고 만다.

* 로스탐이 투란의 공주 타미나와 비밀스러운 관계를 맺어서 낳은 아들인 쇼라브는, 두 왕국이 대결하는 유명한 전투에서 아버지의 적이 되어 나타난다. 그는 이 전투에서 본의 아니게 아버지에 의해 죽음을 당한다.

* 《왕들의 서》의 전설적인 폭군 조하크는 자신의 어깨 위에 있는 두 마리의 뱀 덕분에 권력을 확고히 할 수 있었다. 이 뱀들은 왕국 젊은이들의 골을 먹고 산다.

앉아 있다. 그 방에 있는 너는 야씬 또래의 어린아이다. 너는 삼촌의 발 밑에 웅크리고 앉아 있다. 삼촌은 큰 소리로 《샤나메》를 읽어 나가면서 로스탐과 쇼라브와 그리고 타미나에 대해서 이야기한다……. 로스탐과 쇼라브의 전투에 대해…… 로스탐의 목숨을 구한 부적에 대해, 또 쇼라브의 죽음에 대해……. 쇼라브가 죽는 대목에서 네 동생이 울기 시작한다. 그리고는 곧 방을 나가서 네 어머니의 무릎에 머리를 기대고 흐느낀다.

— 안 돼, 쇼라브가 로스탐보다 훨씬 힘이 세단 말이야!

그러자 어머니가 다독이신다.

— 그럼, 쇼라브가 로스탐보다 훨씬 강하지.

너도 울고 있지만 방을 나가지는 않는다. 넌 눈물이 그렁그렁한 채 조용히 삼촌의 발 밑에 그대로 앉아 있다. 쇼라브가 죽은 후에도 여전히 로스탐이 전투를 할 수 있을지가 궁금해서…….

어린 시절로 도피한 너를 미르차 카디르의 기침 소리가 다시금 현실로 돌아오게 만든다.

구멍가게가 다시 작아졌다. 미르차 카디르의 머리가 창구 밖으로 불쑥 나온다. 그가 묻는다.

— 아드님과 함께 일하려고 탄광에 가시는 건가요?

— 아니오, 형제. 그저 잠깐 보고만 올 생각이외다……. 그 아이는 자기 가족에게 닥친 불행을 전혀 모르고 있소. 무엇보다

도 끔찍한 건 아들에게 이런 소식을 전해 주어야 한다는 거라오. 어떻게 말해야 할지 모르겠구려. 알리지 않고 그냥 넘어갈 수 있는 일도 아니라서⋯⋯. 차라리 아들놈의 목숨을 버릴지언정 그 명예에 상처를 입히는 일만은 없어야 할 텐데! 가족의 소식을 듣자마자 아마 그 아이는 수치심과 분노로⋯⋯.

너는 이마에 손을 얹은 채 조용히 눈을 감으며, 다시 말을 잇는다.

— 우리 아들, 하나밖에 남지 않은 내 아들은 아마 미쳐 버릴지도 모르오⋯⋯. 그 생각을 하면 차라리 말하지 않는 편이 나을 것 같기도 하구려.

— 어르신, 그래도 그는 남자이지 않습니까! 말씀을 하셔야지요! 틀림없이 현실을 받아들일 겁니다. 어차피 언젠가는 알게 될 일이지 않습니까? 그럴 거라면 다른 사람이 아니라 아버지로부터 듣는 게 백 번 낫지요. 어르신께서 그의 고통을 함께 나누어 주어야 하지 않겠습니까? 그를 홀로 두지 마세요! 삶이란 이렇듯 힘들다는 걸 이해시키세요. 그리고 이 세상에 그 혼자만 살아남은 게 아니라 아버지와 아들이 함께 있다는 걸 깨닫게 해주어야지요. 아드님과 어르신은 서로에게 힘이 될 겁니다⋯⋯. 이런 불행은 우리 모두의 것입니다. 참으로 전쟁은 무자비하지요⋯⋯.

미르차 카디르는 머리를 가까이하면서 조용히 말한다.

— ……전쟁의 법칙은 희생의 법칙입니다. 우리의 목에서 피를 쏟든지, 아니면 우리의 손에 타인의 피를 묻히든지 둘 중 하나이지요.

무력감에 빠진 네가 기계적으로 묻는다.

— 어째서 그렇단 말이오?

미르차 카디르는 담배 꽁초를 멀리 내던진다. 그리고 낮은 소리로 말을 잇는다.

— 어르신, 전쟁과 희생은 같은 논리입니다. 설명이란 게 필요 없어요. 중요한 건 전쟁에는 원인도 결과도 없고, 다만 소위 말하는 행위란 것만 있다는 겁니다.

그는 입을 다문다. 자기의 말이 가져오게 될 반응을 네 눈 속에서 찾고 있는 듯하다. 너는 고개를 끄덕인다. 마치 이해하였다는 듯이. 그러나 네 마음 깊은 곳에서는 도대체 무엇이 전쟁의 논리가 될 수 있을까 하는 물음이 떠오른다. 미르차 카디르의 말들은 그럴 듯하기는 해도 너나 네 아들의 슬픔에 아무런 해결책도 주지 못한다. 무라는 철학적인 사람이 못된다. 전쟁의 법칙이나 논리 같은 걸 깊이 생각해 볼 수 있는 인물이 아니지. 그 아이에게 있어서 피는 오직 피를 부를 뿐이다. 아마 자기의 생명을 던져서라도 복수를 하려고 할 것이다. 그것만이 유일한 탈출구이다! 그 아이가 할 수 있는 일이라곤 손에 피를 묻히는 일밖에 없을 것이다.

— 영감님, 어디 있어요? 손자 때문에 미치겠어요!!

건널목지기의 고함 소리에 너는 깜짝 놀라 고개를 든다. 그리고 급히 초소를 향해 달려가면서 소리지른다.

— 가고 있소, 가요!!

야씬이 초소를 향해 돌멩이질을 하고 있는 것이 보인다. 건널목지기는 초소 뒤에 몸을 피한 채 분통을 터뜨린다. 너는 야씬에게로 급히 다가가 뺨을 때리면서 돌멩이들을 빼앗는다. 건널목지기는 거의 제 정신이 아닌 듯 불같이 화를 내며 초소 뒤에서 나온다.

— 당신 손자는 미쳤어요! 갑자기 초소에다 돌을 던지기 시작하는 거예요. 내가 아무리 하지 말라고 소리쳐도 소용이 없습디다! 이 아이는 바보거나, 아니면…….

— 미안하구려, 형제. 이 아이는 듣지를 못한다오. 본래 귀머거리는 아니었는데, 지금은 듣지를 못하게 되었소…….

너는 야씬을 구멍가게로 데려온다. 미르차 카디르가 가게에서 나와 건널목지기에게 웃으며 다가간다.

너는 나무 기둥에 기대서서 야씬의 머리를 꼭 껴안는다.

야씬은 더 이상 울지 않는다. 아이는 당황한 것처럼 보인다. 아이가 묻는다.

— 할아버지, 탱크들이 여기도 왔었어요?

— 그걸 내가 어찌 알겠느냐. 가만히 있거라!

너희는 말이 없다. 이런 질문과 대답이 아무짝에도 소용 없다는 걸 너희 두 사람 모두 알고 있다. 잠시 후 야씬이 말한다.

— 틀림없이 탱크들이 여기에도 온 것 같아. 가게 아저씨도 목소리가 없잖아요. 건널목지기 아저씨도 목소리가 없고…….할아버지, 소련 군인들이 세상 사람들의 목소리를 빼앗아 가려고 온 거지? 사람들의 목소리를 모아다가 뭘 하려고 그러는 거야? 할아버지는 왜 목소리를 그냥 가져가게 내버려두었어요? 목소리를 주지 않으면 죽인다고 했어요? 할머니는 목소리를 주지 않았나 봐, 그러니까 죽었지…….할머니가 여기 있었다면 《카르카시 이야기》*를 해주었을 텐데. 아냐, 할머니가 살아 있었다면, 아마 목소리가 없었을 거야…….

아이는 잠시 말이 없더니 다시 입을 연다.

— 할아버지, 나는 목소리가 있어요?

---

* 《엄지 공주》 같은 페르시아 동화.

너도 모르게 대답한다.

— 그럼!

아이는 질문을 계속한다. 넌 그 아이를 바라보면서 고개를 끄덕이며 그렇다는 표시를 한다. 아이가 또 잠깐 입을 다물더니 다시 묻는다.

— 그런데 왜 난 살아 있는 거야?

아이는 네 옷자락 속에 얼굴을 묻는다. 그리고 무슨 소리가 나는지 들어 보려는 듯 네 가슴에 귀를 갖다 댄다. 아이는 아무 소리도 듣지 못한다. 눈을 감는다. 아이의 몸 안에서는 온갖 소리가 들릴지도 모른다. 틀림없이 그럴 것이다. 네가 아이의 몸 속에 들어가서 카르카시 이야기를 들려 줄 수 있다면…….

아내의 떨리는 목소리가 귓가에 들려 온다. 그녀가 말한다.

— 옛날 옛적에 카르카시라는 할아버지가 살았는데…….

너는 지금 벌레처럼 발가벗은 채로 대추나무의 굵다란 가지 위에 올라가 있다. 대추를 먹고 싶어하는 야씬을 위해 가지를 흔들어 보려고 나무 위로 올라간 것이다. 나무 밑에서는 야씬이 대추를 줍고 있다. 너는 그만 저도 모르게 갑자기 오줌을 누기 시작한다. 야씬이 울면서 나무 곁에 물러서더니 다른 나무 아래로 가서 앉는다. 아이는 보따리 안에서 사과들을 꺼낸 후, 주운 대추들을 대신 집어넣는다. 그리고 보따리의 끈을 묶는다. 아이가 갑자기 작은 손으로 땅을 파기 시작한다. 땅 속에서 나타나는 문 하나. 굵직한 자물쇠로 굳게 닫혀 있는 문이다. 아이는 대추씨를 이용해서 자물쇠를 따고는 그 문을 열고 땅 속으로 들어간다.

　— 야씬, 어딜 가니? 기다려, 할아버지가 곧 가마!

　야씬은 듣지 못한다. 야씬이 안으로 사라지고 나자 문이 닫힌다. 너는 나무 위에서 내려오려고 하지만, 나무는 계속해서 점점 더 높이 자란다. 네가 땅으로 뛰어내린다. 하지만 계속해서 밑으로 내려가고 있을 뿐 결코 땅에 닿지 않는다……

　눈을 조금 떠본다. 네 심장이 크게 뛰고 있다. 야씬은 여전히 네 가슴에 몸을 기댄 채 조용히 웅크리고 있다. 미르차 카디르와 건널목지기가 초소 옆에서 말을 나누고 있다. 너는 눈을 더 크게 떠보려고 애쓴다. 더 이상 졸고 싶지도 않고, 더 이상 꿈을 꾸고 싶지도 않다. 하지만 네 눈꺼풀은 너무나 무겁고, 네 의지는 무력하기만 하다.

　여자의 목소리가 들려 온다.
　— 야씬! 야씬! 야씬!

야씬의 엄마 제이나브의 목소리이다. 그녀의 떨리는 듯한 웃음소리가 네 귀에 메아리친다. 그 목소리는 어딘가 깊은 곳에서부터 들려 오는 것 같다. 너는 땅 속으로 들어가는 문을 향해 걸어간다. 문이 닫혀 있다. 제이나브를 부른다. 그녀를 부르는 네 목소리가 문의 저편에서 울려나온다. 문이 열린다. 맞은편에 건널목지기 파테의 얼굴이 보인다. 그가 미소 띤 얼굴로 너를 맞이하면서 말한다.

— 어서 오십시오. 들어오세요, 기다렸습니다.

너는 땅 속으로 들어간다. 문이 닫힌다. 갑자기 안에서 파테의 웃음소리가 울려 퍼진다. 그가 소리지른다.

— 떠나고 싶어 죽겠지? 안 그렇소! 아침부터 나를 성가시게 굴더니만. 잘 됐지 뭐유. 안녕히 가슈, 영감!

땅 속은 춥고 축축하다. 진흙 냄새가 난다. 커다란 정원이 있다. 꽃 한 송이, 풀 한 포기 보이지 않는 황량하기 이를 데 없이 텅 빈 곳이다. 잎사귀 하나 없는 참나무들 사이로 질퍽한 좁은 길들이 나 있다.

제이나브는 어린 소녀와 함께 발가벗은 채로 나무 아래 서 있다. 네가 그녀를 부른다. 네 목소리는 그녀에게까지 전해지지 않는 듯하다. 그녀는 어린 소녀를 골레세브 천으로 싸서 팔에 안고 있다. 그러다 소녀의 뺨에 입을 맞추면서 멀어져 간다. 문득 고개를 들어 보니 야씬이 대추나무 가지 위에 걸터앉아 있다. 그 아이 역시 발가벗은 채이다. 아이는 어린 소녀가 자기의 누이라고 말한다. 그리고 자기가 할머니의 골레세브 보자기를 주었기 때문에, 엄마가 그 보자기로 누이동생을 춥지 않게 감싸 줄 수 있었다고 설명한다. 언제부터 야씬에게 누이가 있었던가? 제이나브는 며칠 전까지만 해도 겨우 임신 4개월이었을 뿐인데! 그녀가 벌써 해산을 했단 말인가?! 그 딸이 벌써 저렇게 컸다고?!

너는 야씬을 바라본다. 아이가 추위에 떨고 있다. 아이는 나무 위에서 내려오고 싶어하지만 내려올 수가 없다. 나무가 계속해서 자라고 있기 때문이다. 야씬이 칭얼댄다.

눈이 내린다. 눈송이가 네 살갗 위에 내려앉는다. 오솔길들이 순식간에 눈으로 덮인다.

앞으로 걸어가던 제이나브가 갑자기 나무들 뒤로 몸을 숨긴다. 다시 뛰어간다. 너는 계속해서 그녀를 부른다. 소용 없다. 그녀는 어린 소녀를 안은 채 알몸으로 눈 위를 달려간다.

제이나브가 웃는다. 어찌된 일인지 그녀는 눈 위에 발자국을 남기지 않는다. 야씬이 엄마를 부른다. 하지만 야씬에게서 나는 소리는 그 아이의 목소리가 아니다. 아이는 엄마의 목소리, 아주 날카로운 목소리를 가졌다……. 너는 야씬의 몸을 살펴본다. 아이의 몸은 소녀의 몸이다. 작은 성기가 있어야 할 자리에 계집아이의 음부가 도드라져 있다. 너는 소스라치게 놀란다. 너도 모르게 무라의 이름을 소리쳐 부른다. 그러나 소리가 네 목 안에 갇혀서 나오지 못한다. 목소리는 다만 네 가슴 안에서 울려 퍼질 뿐이다. 너는 야씬의 목소리를 지니고 있다. 흐느낌으로 꽉 메인 그 목소리, 놀라움과 고통과 의문으로 가득한 그 목소리를.

— 무라, 무라! 무라?

두 손이 네 어깨 위에 얹혀진다. 너는 뒤를 돌아본다. 네 몸은 거의 굳어진 상태이다. 영원할 것 같은 미소를 보이며 말을 건넨 이는 미르차 카디르이다.

— 조하크의 뱀들은 이제 우리 젊은이들의 뇌만으로는 만족하지 않아요. 그 뱀들은 젊은이들의 꼬리까지 요구하고 있단 말입니다!

너는 이제 완전히 얼어 버렸다. 넌 미르차 카디르의 강한 포옹으로부터 벗어나고 싶다. 하지만 움직일 수가 없구나.

너의 두 눈이 열린다. 온몸이 땀으로 흠뻑 젖어 있다. 네 심장은 한 시간에 백 번 정도 뛰는 것 같다. 네 두 손이 떨린다.

두 개의 다정한 눈동자가 너를 바라보고 있다.

— 어르신, 일어나십시오. 차가 왔습니다.

차가 왔다고? 무엇 때문에 차가 온 거지? 너는 지금 어디로 가고 싶은 건데? 다스타기르, 너 지금 어디에 있는 거냐?

— 어르신, 탄광으로 가는 차가 왔어요.

너는 그제야 미르차 카디르의 목소리를 알아차린다. 이제 정신이 드는구나. 야씬은 네 팔에 안겨 조용히 잠들었다. 너는 야씬을 깨우려 한다. 그러자 미르차 카디르가 말한다.

— 어르신, 손자는 이곳에 두고 다녀오도록 하십시오. 우선 혼자서 다녀오시지요. 아드님하고 단둘이 이야기를 나누는 편이 좋겠습니다. 그리고 이곳으로 오시면 되지 않겠습니까? 탄광에는 손자하고 두 사람이 잘 만한 공간이 없거든요. 그리고 아드님도 아마 이런 상태의 아들을 보게 되면 마음만 더 괴로울 겁니다.

그래, 제 아비를 만난 야씬을 상상해 봐라. 아이는 금방 아비의 품으로 뛰어들겠지. 네가 무라에게 뭐라 말할 틈도 주지 않고 아이는 소리지르기 시작할 것이다. "작은아버지가 죽었어. 엄마도 죽고…… 카데르도 죽고, 할머니도 죽었어. 할아버진 맨날 울어……." 무라의 가슴은 그 말을 듣는 순간 멈춰 버리고 말 것이다. 그런 말을 해서는 안 된다는 걸 야씬에게 어떻게 이해시킬 수 있겠느냐?

너는 미르차 카디르의 제안을 받아들이기로 한다. 하지만 일순 불안감이 널 사로잡는다. 잘 알지도 못하는 사람에게 네 유일한 아들의 아이를 어떻게 맡긴단 말이냐? 넌 미르차 카디르를 알게 된 지 이제 겨우 두 시간밖에 되지 않았잖느냐! 무라에게는 뭐라고 말을 해야 하지?

— 영감님, 올 거요, 안 올 거요?

건널목지기의 목소리다. 너는 미르차 카디르 앞에 못박힌 듯 말없이 서 있다. 네 시선은 의구심으로 가득 차 있다. 어쩌지? 야씬이냐 무라냐? 다스타기르, 생각할 시간이 없어! 야씬을 신께 맡기고 무라에게 달려가렴.

— 어르신, 차가 곧 떠날 겁니다.

— 야씬을 당신과 신의 손에 맡기겠소.

미르차 카디르의 따뜻한 시선과 미소가 마지막 남은 너의 두려움을 말끔히 씻어 준다.

너는 붉은 보따리를 거머쥐고서 초소 쪽으로 향한다. 커다란 트럭이 널 기다리고 있다. 너는 운전사에게 인사를 하고 올라탄다. 건널목지기가 초소 앞에 서 있다. 무기력한 모습으로. 여전히 딱딱하게 굳은 자세로. 정복 비슷한 것을 입고서. 반쯤 타들어간 담배 꽁초를 여전히 입술 한 귀퉁이에 물고서. 탄광으로 가는 길목을 막고 있던 건널목을 그가 들어올린다. 그리고 운전사에게 신호를 보낸다.

— 출발!

운전사가 너와 몇 마디 인사를 나눈다. 건널목지기가 대뜸 소리를 지른다.

— 샤마르! 갈 거야, 안 갈 거야?

샤마르는 손을 들어 미안하다는 뜻을 표하고 출발한다.

트럭이 탄광을 향해 전속력으로 내달린다. 백미러 안에서 건널목 초소가 먼지 속으로 사라진다. 왜 그러는 것인지 이유는 알 수 없지만, 왠지 너는 이 장면이 기쁘게 여겨진다. 저런, 저런! 다스타기르, 건널목지기는 사실 그 정도로 끔찍한 인물은 아니었어. 단지 그는 지금 견디기 힘든 슬픔에 휩싸여 있을 뿐이지. 오, 건널목지기 형제여! 자넬 성가시게 했던 걸 용서해주게. 자네를 낳으신 아버지께 신의 축복이 있기를!

네 마음은 벌써부터 흥분되기 시작한다. 재회의 시간이 다가오는구나. 무라가 이 길 끝에 있다. 무라가 몇 번씩이나 지나갔을 이 도로에 복이 있을진저! 너는 샤마르에게 잠시 트럭을 세워 달라고 부탁하고 싶다. 그래서 잠깐 내려 언젠가 네 아들의 발을 맞이해 주었을 이 아름다운 땅에다, 이 돌멩이들에다, 이 가시덤불에다 무릎 꿇고 절하고 싶다. 무라의 발이 밟고 간 먼지들이 아니런가!

— 오래 기다리셨나요?

너는 샤마르의 질문을 받고서 너만의 행복에서 빠져 나온다.

— 아침 아홉 시부터 기다렸지요.

침묵이 흐른다.

샤마르는 서른 살 정도? 아니, 서른이 조금 못되었을 것 같은 청년이다. 하지만 햇볕에 그을린 구릿빛 얼굴, 흙색 피부, 얼굴에 팬 주름살 등이 나이보다 더 들어 보이게 한다. 기름기 흐르는 그의 머리를 아스트라한 모피로 만든 낡은 모자가 덮고 있다. 윗입술과 누런 이는 검은 콧수염에 가려 잘 보이지 않는다. 그의 머리는 앞으로 쑥 내밀어져 있다. 주위에 검은 테두리가 보이는 두 눈이 쉴새없이 움직인다. 사방을 살피느라 분주한 시선이다.

반쯤 피우다 만 담배 한 개비가 그의 오른쪽 귀 위에 끼워져 있다. 그의 체취가 네 코에 느껴진다. 처음에 그 냄새를 맡았을 때, 넌 그것이 석탄 냄새, 탄광 냄새, 무라의 냄새라고 생각했었다. 잠시 후면 곧 만나게 되리라는 희망 속에서 네 시선을 빛나게 해주고 있는 무라, 그 무라의 냄새라고. 너는 아들의 이마에 입을 맞출 것이다. 아니 어쩌면 그 발에 입을 맞출지도 모르지. 너는 아들의 눈에, 손에 입을 맞출 것이다. 아버지를 다시 만난 아들처럼. 그래 네가 바로 무라의 아들이고, 무라는 너를 두 팔로 꼭 끌어안고서 위로할 것이다. 그는 떨리는 너의 두 손을 쥐고서 말할 것이다.

— 다스타기르, 내 아들아!

아, 정말 네가 그의 아들이라면 얼마나 좋으랴! 그의 아들 야씬이라면. 야씬처럼 귀라도 멀어 버렸다면 얼마나 좋으랴. 그렇다면 무라를 만난다 해도, 그 아이가 하는 말을 알아듣지 못할 텐데. 그 아이가 "무슨 일 때문에 오셨어요?"라고 묻더라도 들을 수가 없을 텐데.

— 탄광에 일하러 가세요?
— 아니오, 아들을 만나러 가는 거라오.

네 시선이 굽이도는 골짜기들 사이를 헤맨다. 너는 숨죽여 말한다.
— 난 지금 아들의 심장에 비수를 꽂으러 가는 길이외다.

샤마르가 잠시 당황한 낯빛으로 너를 바라본다. 그리고는 이내 웃으며 대꾸한다.

— 맙소사! 내가 기사 한 분을 태우고 간다면 누가 믿을까요?

— 그게 아니외다, 형제. 내게는 크나큰 슬픔이 있는데, 그 슬픔이 때때로 비수로 변하기도 한다오.

— 마치 미르차 카디르처럼 말씀하시는군요.

— 젊은이도 미르차 카디르를 알고 있소?

— 그를 모르는 사람이 어디 있겠어요. 모든 이들에게 스승 같은 분인데요.

— 그는 참으로 용감한 사내요. 그를 잘 알지는 못하지만, 한두 시간 정도 이야기를 나눈 바 있지요. 그에게 반하지 않을 수 없었다오. 그가 하는 말은 다 옳습디다. 누구에게든 금방 신뢰감을 주는 그런 사람 같았소. 그와 함께 있으면 누구라도 마음을 열고 이야기를 나눌 수 있을 거요. 미르차 카디르 같은 남자는 우리 시대에 아주 드문 인물이지요. 그가 어디 출신인지 혹 알고 있소?

샤마르는 귀 위에 꽂아두었던 담배 꽁초를 바짝 말라 튼 입술 사이에 끼우고 불을 붙인다. 가슴 가득히 연기를 빨아들였다 내뱉는다. 그리고 말한다.

— 미르차 카디르는 카불 출신이에요. 쇼르바자르 지역 사람

이지요. 그가 이곳에서 구멍가게를 연 지는 얼마 되지 않아요. 그는 속마음을 잘 털어놓지 않는 사람이에요. 신뢰하지 않는 사람 앞에서는 거의 입을 열지 않지요. 그가 어디 출신인지, 무엇 때문에 여기까지 왔는지를 알게 되기까지 족히 1년은 걸렸다니까요.

말을 그친 샤마르가 입을 다문다. 하지만 너는 미르차 카디르에 대해서 좀더 알고 싶다. 당연한 일이리라. 너는 그에게 네 손자, 그러니까 네게 남은 유일한 아들 무라의 아이를 맡겨두었으니 말이다.

이윽고 샤마르가 말을 잇는다.
— 그는 본래 쇼르바자르에서 장사를 하였답니다. 가게가 그곳에 있었거든요. 사실 그는 상인이긴 하였으나 저녁이면 시인으로 변하는 사람이었지요. 그래서 주위에 늘 많은 사람들이 모여들었다는군요. 그렇듯 많은 이들에게 존경을 받는 인물이었던 것이지요. 막내아들이 징집되어 군대에 들어가기 전까지는요. 1년 후 그 아들이 중위 계급을 달고서 돌아왔더랍니다. 완전히 꼭두각시 장교였대요! 그래서 소련으로 보내졌는데, 미르차 카디르는 그걸 좋아하지 않았어요. 아들이 군인이 되는 걸 반대했지요. 하지만 아들은 이미 군복의 멋과 돈과 무기에 맛을

들인지라 아버지 곁에서 도망을 쳤다지요. 그후 미르차는 그를 아들로 인정하지 않기로 했답니다. 그로 인해 아내가 슬픔에 잠겨 세상을 떠났고, 미르차는 또 그렇게 가게와 집을 버리고 카불을 떠났던가 봐요. 2년간 탄광에서 일했대요. 거기서 일해 모은 돈으로 지금의 구멍가게를 연 거죠. 미르차는 아침부터 저녁까지 가게에 들앉아서 글을 쓰거나 책을 읽어요. 그는 누구에게든 말을 잘 하지 않는 편이에요. 미르차가 호감을 가졌다면, 그건 어르신을 스승처럼 존경한다는 뜻이랍니다. 난 이따금 새벽녘까지 그의 가게에 남아서 그가 들려 주는 이야기나 시를 듣곤 하지요. 그는 《샤나메》를 죄다 외우고 있거든요.

미르차 카디르가 했던 말들이 피곤한 네 귓속에서 웅웅거린다. 로스탐과 쇼라브와 오늘날의 수많은 쇼라브들에 대한 말들이⋯⋯. 다시 네 상념들은 너의 쇼라브에게로 날아간다. 아니! 네 아들 무라는 자기 아버지를 죽이는 오늘날의 쇼라브 같은 아들이 아니다. 하지만 넌⋯⋯ 너는 로스탐이다! 넌 지금 아들의 심장에다 비탄의 칼을 꽂으러 가는 중이니까!

아니, 넌 로스탐이 되고 싶지 않다. 넌 그냥 다스타기르이다. 이름 없는 가난한 아버지 다스타기르일 뿐 회한으로 초췌해져 가는 영웅이 아니다. 무라도 너의 아들일 뿐 영웅적인 순교자

가 아니다. 로스탐은 그냥 단어들의 요람 속에 그대로 있게 내
버려두렴. 쇼라브도 그저 종이로 만든 관(棺) 속에 누워 있게 내
버려두는 거야. 그리고 네 아들 무라에게로 가는 거다. 그 아인
떨리는 네 손을 잡고, 피곤한 시선으로 너의 물기어린 두 눈을
깊이 응시하겠지. 너는 무라에게 어떻게 말하는 것이 좋을지 알
려 달라고 신께 기도한다.

— 무라, 어머니가 널 위해 목숨을 버리셨단다……

아니, 왜 어머니 이야기부터 시작하려는 거냐?

— 무라, 네 동생이……

어째서 동생 이야기여야 하지?

그렇다면 누구, 무슨 이야기부터 시작한단 말인가?

— 무라, 내 아들아, 우리 집이 완전히 폐허가 되었단다……

— 왜요?

— 폭탄 때문에……

— 다친 사람은 없었어요?

침묵.

— 야씬은 어디 있어요?

— 그 애는 살아 있다.

— 제이나브는요?

— 제이나브…? 제이나브는…… 마을에 있다.

— 그럼 어머니는요?

여기까지 이르게 되면 더 이상 말하지 않을 수 없으리라.

— 어머니가 널 위해 목숨을 버리셨단다…….

그러면 무라는 울고 말겠지.

— 아들아, 넌 사나이가 아니냐! 이런 일은 모든 남자들에게 언젠가는 일어날 일이 아니더냐……. 그녀는 네 어머니이자 내게는 아내였지. 네 어머니가 떠났어. 하지만 죽음 앞에서는 어머니냐 아내냐는 중요한 게 아니란다. 아들아, 죽음이 우리 마을을 휩쓸고 지나갔구나…….

그리고 나서 그 아이의 아내에 대해 이야기하도록 해라. 동생에 대해서도……. 그 다음에 야씬이 살아 있다는 이야기를 하는 거야. 실은 그 애랑 함께 왔는데, 워낙 지치고 피곤해서 잠이 드는 바람에 미르차 카디르에게 맡겨두었다고 이야기하는 거다……. 그 애의 귀가 멀어 버렸다는 이야기는 하지 말아라.

맞은편에서 달려오는 트럭 소리로 너와 무라의 대화가 중단된다. 트럭은 너희가 타고 있는 차를 전속력으로 스쳐 지나간다. 부옇게 먼지가 일어난다. 굽이굽이 산등성이들이 먼지 속으로 사라진다. 샤마르가 속도를 조금 늦춘다. 그리고 묻는다.

— 아드님 곁에서 하룻밤 지내실 건가요?

— 내가 묵을 만한 자리가 있을는지 모르겠구려.

— 어떻게든 하루 정도야 묵을 수 있지 않겠어요.

— 어쨌든 난 다시 돌아와야 한다오. 손자녀석을 미르차 카디르에게 맡겨두고 왔으니.

— 왜 데리고 오지 않으셨어요?

— 겁이 나서 그랬다오.

— 겁이 나다니오? 뭐가요?

— 괜스레 내 슬픈 이야기로 형제까지 우울하게 만들 필요가 뭐 있겠소.

— 그런 걱정은 마시고 말씀해 보세요!

— ……그러면 말하리다.

샤마르는 입을 다문다. 그는 이야기해 보라고 감히 고집을 부릴 수가 없다. 틀림없이 그는 네가 말하고 싶어하지 않는 거라고 생각하겠지. 너는 진정으로 말하고 싶지 않은 거냐? 마을이 풍비박산난 이후로 네 눈물을 마음껏 쏟아냈던 아주 작은 기회라도 있었더냐? 네 슬픔을 누구와 더불어 나눈 적이 있었더냐? 너와 함께 애도해 준 이가 있었더냐? 모두들 죽은 가족들을 챙기느라 정신이 없었다. 네 동생은 남은 가족들의 탄식을 귓전으로 흘리면서 폐허가 된 집 앞에 망연자실하여 앉아 있었지. 네 사촌은 가족의 시체를 매장하기 위해 천 한 조각이라도 찾을 수 있을까, 옷 한 조각이라도 구할 수 있을까 하여 돌무더기 사이를 울면서 들추고 다녔다. 네 처남은 또 어떠했던가? 허물어진 외양간 한구석 죽은 암소 곁에 누워 딱딱하게 굳은 쇠젖을 빨며 미친 듯이 웃고 있었다…….

하지만 네겐 적어도 야씬이 있었다. 물론 그 애는 네 울음소리를 듣지 못했지만, 어쨌든 네 불행을 목격한 증인이었다. 그러는 너 자신은 어떠했더냐? 다른 사람들의 슬픔을 돌아보려 했더냐? 넌 사람들을 피하려 했다. 폐허가 된 들판을 헤매는, 아니 그보다는 묘지 안을 휘젓고 다니는 한 마리 맹금의 꼴이었다. 무라가 없었다면, 야씬이 없었다면, 그랬다면 넌 결코 그곳을 떠나지 않았겠지. 감사하게도 무라가 살아 있고, 야씬이 살아 있다. 그렇지 않았다면 너는 흙먼지로 되돌아갈 때까지 죽 그 자리에 남아 있었을 것이다.

다스타기르, 아직도 넌 어디를 그렇게 헤매고 있는 거냐? 샤마르는 네가 왜 야씬을 데려오지 않았는지 궁금해하고 있다. 네 마음은 지금 너무 멀리 떠나와 있구나, 아주 멀리……. 네 상념의 지옥 속으로. 그에게 무언가를 말해 주렴! 죽은 네 가족들의 이야기를 해주란 말이다! 말을 하려고 애를 좀 써봐! 고인들은 다른 이들의 기도와 애도의 소리를 들을 자격이 있지 않느냐! 오늘 미르차 카디르 외에 네게 위로의 말을 건넨 이가 누가 있었더냐? 그들의 영혼이 쉼을 얻을 수 있도록 누가 기도를 해주었지? 자, 그러니 다른 이들이 네 고통을 덜 수 있도록 해주려무나. 네 가족의 죽음을 슬퍼하며 기도해 줄 수 있도록 하라니까! 무언가 말을 좀 하란 말이다!

자, 드디어 네가 말을 한다! 너의 마을이 폐허가 된 것과 아내와 아들과 두 며느리의 죽음에 대해서, 그리고 귀가 멀어 버린 야씬에 대해서…….

그리고 운다. 샤마르는 입을 다물고 있다. 그는 말이 없다. 그의 두 눈이 무슨 말인가를 찾으려고 애쓰지만 소용 없다……. 아, 마침내 그가 할 말을 찾았구나. 그는 기도말을 중얼거리더니 네게 위로의 말을 건넨다. 그리고 다시 침묵 속으로 가라앉는다.

네가 말을 잇는다. 넌 무라에 대해 이야기한다. 어머니의 죽음과 아내의 죽음과 동생의 죽음을 어떻게 전해 주어야 할지 도무지 알 길 없는 무라에 대해서. 샤마르는 여전히 말이 없다. 넌 그가 무슨 말을 해주길 바라고 있는 거냐? 샤마르가 분노하는구나. 분노가 그의 다리까지 내려왔다. 그의 다리는 그래서 무겁다. 트럭의 속도가 그것을 증명해 주고 있다. 너 역시 말이 없어졌다.

단조롭게 부르릉거리며 가끔씩 덜컹거리는 트럭 소리에 넌 금방이라도 구역질을 할 것만 같다. 너는 잠시 눈이 감고 싶어진다.

너희의 트럭 뒤에서 갑자기 군용 지프 한 대가 나타난다. 순식간에 트럭을 추월하는가 싶더니 어느 새 언덕 위의 갈색 먼지 속으로 사라져 버린다.

희부연 먼지구름 속에서 너는 발가벗은 채 트럭 앞을 달리는 무라의 아내를 본다. 그녀의 젖은 머리가 흙바람 속에서 날린다. 마치 공중에서 춤을 추는 듯하다. 하얀 유방이 그녀의 가슴 위에서 우아하게 출렁인다. 진주 이슬 같은 물방울들이 그녀의 살갗에서 미끄러져 땅 위로 떨어진다.

네가 그녀를 향해 소리친다.

— 제이나브! 트럭에서 비켜서, 위험해!

목소리가 트럭 속에 갇히고 만다. 그 소리는 밖으로 나가지 못한다. 안에서만 울릴 뿐이다. 그래도 넌 멈추지 않는다. 너는 트럭의 창문을 내린다. 네 목소리가 제이나브에게 들리도록 하고 싶은 것이다. 하지만 움직일 힘이 없구나. 몸이 너무나 무겁게 느껴진다. 붉은 보따리가 네 무릎을 짓누른다. 넌 그것을 옆으로 내려놓고 싶다. 하지만 그것을 들 힘조차 없다. 너는 보따리를 푼다. 보따리 안에 있던 사과들이 모두 검게 타버렸다······.

타버린 사과들. 너는 속으로 웃는다. 쓰디쓴 웃음이다. 넌 시커 멓게 타버린 사과들의 미스터리에 대해 샤마르의 의견을 구하 고 싶다. 아니, 샤마르 대신 무라가 있지 않더냐. 넌 소리치고 싶 다. 그러나 그것이 공포인지, 놀라움인지, 아니면 기쁨인지는 너 도 알 수 없다.

무라는 널 보고 있지 않다. 그의 두 눈은 도로 위를 달리는 제이나브를 바라보고 있다. 그래도 넌 계속해서 소리지른다. 무 라는 듣지 못한다. 그 역시 귀머거리가 되어 버린 건 아닐까, 야 씬처럼.

제이나브는 여전히 트럭 앞을 달리고 있다. 먼지가 천천히 하 얀 그녀의 젖은 피부 위로 내려앉는다. 검은 먼지의 베일이 그녀 의 몸을 덮는다. 이제 그녀는 더 이상 발가벗은 몸이 아니다.

트럭이 덜컹거릴 때마다 네 시선 속에서 제이나브가 사라졌 다 나타났다를 반복한다. 그러더니 마침내 제이나브가 완전히 사라졌다. 도로는 다시 갈색의 먼지 속으로 빠져든다.

너는 깊은숨을 들이마신다. 그리고 샤마르에게 슬쩍 눈길을 던진다. 무라는 여기에 없다. 오 신이여, 찬미받으소서. 넌 드디 어 꿈에서 빠져 나온 거야. 말없이 주위를 둘러본다. 보따리도 네 옆에 그대로 놓여 있구나. 사과 한 개가 빠져 나와 좌석 위를 굴러간다.

　너는 도로 위로 불안한 눈길을 보낸다. 제이나브는 없다. 제이나브는 벗은 몸으로 불길 속에 뛰어들었지. 그녀는 산 채로 불타 버리고 말았어. 벗은 채로 불타서 벗은 몸으로 세상을 떠났지. 네 눈앞에서 불탔고, 네가 보는 앞에서 세상을 떠났단 말이다. 오, 어찌 그 이야기를 무라에게 전할 수 있으랴. 그 이야기를 꼭 해야만 할까? 아니, 그럴 필요 없어. 제이나브는 죽었어. 그뿐이다. 그녀 또한 다른 사람들처럼 집에 있다가 졸지에 포화 속에서 죽어 간 거야. 그녀는 낙원으로 갔다. 지옥 불에서 타고 있는 건 살아남은 우리들이다. 그래, 살아 있는 이들보다 죽은 자들이 더 복되고 행복하다.

　다스타기르여, 네가 배운 그 말은 어찌 그리 아름다우냐! 하지만 그처럼 아름다운 말도 아무 소용이 없다. 너도 알지만 무라는 참는다든지, 한쪽 구석에 몸을 숨긴 채 울고 있을 남자가 아니지 않느냐. 그래, 무라는 사나이 중의 사나이지. 다스타기르의 아들 무라, 무라 빈 다스타기르. 그는 산처럼 대담무쌍하고, 대지처럼 당당한 남자이다. 털끝만한 명예 훼손에도 순식간에 불타오르는 자이다. 그래서 분노하면 당장에 불을 지르든지, 아니면 자신이 불타든지 둘 중 하나밖에 없다. 어머니의 죽음과 아내 그리고 동생의 죽음은 그에게 그냥 넘겨 버릴 만한 문제가 아니다. 암 그렇고말고. 그는 복수하고 말 것이다. 그래야만 한다.

누구에게? 대체 그가 혼자서 무엇을 할 수 있단 말인가? 원수들은 그마저도 죽이고 말 텐데. 다스타기르, 너 헛소릴 하고 있구나!! 피가 네 머리 꼭대기까지 올라갔어! 넌 미쳐 가고 있는 거냐?

네게 남은 그 하나뿐인 아들, 그 아들마저 희생시키고 싶은 거냐? 왜? 무엇 때문에? 네 아내와 작은아들의 삶을 보상하기 위해? 오, 다스타기르! 제발 너의 분노를 삼켜라! 무라를 조용히 내버려두렴. 그를 살아 있게 해야 해! 아, 차라리 누가 혀라도 끊어 주었으면! 차라리 입에 흙이라도 들어갔으면! 무라, 편히 잠들거라.

주머니에 손을 넣어 나스와르 통을 찾는 데 꽤 시간이 걸린다. 너는 샤마르에게 나스와르를 권하고서 그의 손바닥에 조금 얹어 준다. 그리고 너도 조금 집어서 혀 밑에 넣는다. 너는 말이 없다. 네 시선은 빠르게 스쳐 가는 돌무더기들과 가시덤불들을 따라간다. 네가 그것들 앞을 지나가는 게 아니라 그것들이 차례로 네 곁에서 달아난다. 너, 넌 움직이지 않는다. 줄지어 달아나고 있는 건 삶이다. 너는 살아 있도록 선고를 받았지. 삶이 지나가는 것을 똑똑히 보고 있도록, 아내와 자식들이 죽어 가는 걸

두 눈으로 목격하도록 선고받은 거야……

네 두 손이 떨린다. 심장이 고동친다. 검은 베일이 눈 위로 드리워진다. 넌 신선한 바람을 맞고 싶어서 창문을 내린다. 하지만 신선한 바람은 없다. 대기는 무겁고 답답하다. 대기가 갈색을 띠고 있다. 그러고 보니 네 시야가 가려진 게 아니라 대기가 어두워진 것이로구나.

— 다스타기르, 내 골레세브 스카프로 무얼 하였나요?

무라의 어머니다. 트럭의 리듬에 맞춰서 언덕 아래로 달려오는 아내가 보인다. 네가 보따리를 풀자 시커멓게 탄 사과들이 굴러떨어진다. 넌 그것을 그냥 보고만 있다. 들고 있던 골레세브 스카프마저 창 밖으로 놓치고 만다. 아내의 스카프가 공중을 떠다닌다. 아내가 춤추듯 하면서 스카프를 잡으러 간다.

— 어르신, 다 왔어요.

아내의 실루엣이 샤마르의 목소리에 네 눈앞에서 흩어져 버린다.

너는 눈물에 젖은 눈을 뜬다. 탄광이 아주 가까이 있다. 무라가 아주 가까이 있다. 순간 네 가슴이 죄어든다. 심장은 팽창하고, 동맥들은 수축되며, 피는 얼어붙는다……. 네 혀는 마치 나뭇조각처럼 뻣뻣해졌다. 반쯤 타다 만 나뭇조각, 숯등걸처럼. 맞아, 침묵하는 숯등걸……. 목이 바짝 탄다. 입 안에는 단 한

방울의 침도 남아 있지 않다. 물! 물! 너는 씹고 있던 나스와르를 삼킨다. 재 냄새가 네 코를 가득 메운다. 깊은숨을 들이마신다. 너는 무라의 냄새를 맡고 있다고 생각한다. 허파 가득히 그 냄새를 들이마시고, 네 가슴을 그 냄새로 가득 채운다. 넌 이제까지 네 가슴이 이처럼 작다는 것을 한 번도 생각해 보지 못했지. 네 마음이 이처럼 크다는 것도, 네 슬픔처럼 어마어마하게 크다는 생각도 해보지 못했구나.

샤마르가 속도를 늦추면서 왼쪽으로 차를 몬다. 마침내 트럭이 탄광 입구에 다다른다. 차가 섰다. 나무로 만든 초소에서 경비원이 나온다. 도로의 맞은편 끝에 있던 것과 똑같이 생긴 초소이다. 그가 자동차 통행증을 요구하고, 샤마르와 몇 마디를 주고받는다.

너는 꼼짝 않고 말없이 앉아 있다. 손가락 하나 움직이지 않는다. 어차피 손끝 하나 움직일 힘도 없다. 네 호흡은 네 가슴안에 갇혀 나오지 못한다. 넌 텅 빈 몸뚱이에 지나지 않는다. 흐릿한 네 눈길이 탄광 정문의 쇠창살 사이를 빠져 나간다. 그 문 뒤에서 무라가 널 기다리고 있을 것만 같다. 무라, 제발 다스타기르에게 여기까지 온 이유를 묻지 말아 다오!

트럭은 천천히 초소 옆을 지나 탄광 구내로 들어간다. 커다

란 언덕 아래 콘크리트로 지은 작은 입방체 같은 집들이 줄지
어 늘어서 있다. 저 집들 가운데 무라가 사는 집도 있겠지. 하지
만 어떤 것이 무라의 집인지 누가 알랴? 붉은빛의 얼굴에 머리
에는 철모를 쓴 한 무리의 사내들이 언덕을 내려온다. 올라가는
이들도 있다. 무라는 보이지 않는구나. 트럭은 작은 콘크리트 집
들을 향해 가다가 어느 집 앞에 멈춘다. 샤마르가 말한다. 내려
서 감독에게 아들이 있는 곳을 물어보라고.

한동안 넌 아무 반응이 없다. 네 손에는 차 문을 열 힘조차
남아 있지 않다. 넌 마치 아버지와 헤어지기 싫어하는 아이 같
다. 네가 천진한 아이처럼 묻는다.

— 내 아들이 여기에 있소?

— 그럴 거예요. 하지만 어디에 있는지야 어떻게 알겠어요?
감독에게 물어보셔야죠.

— 감독은 어디에 있소?

샤마르는 트럭의 오른편에 서 있는 한 건물을 손가락으로 가
리킨다.

떨리고 힘없는 네 손이 고통스럽게 트럭 문을 민다. 한 발을
땅에 내딛는다. 다리에 힘이 쭉 빠진다. 다리들은 널 지탱해 줄
만한 힘이 없다. 하지만 사실 네 육체는 조금도 무겁게 느껴지
지 않는다. 네가 느끼는 몸의 무게는 마치 공기 같다. 이곳의 공

기는 무겁고 답답하다.

너는 손을 허리에 갖다댄다. 샤마르가 창문으로 예의 붉은 보따리를 내밀면서 말한다.

— 어르신, 다섯 시나 여섯 시경에 다시 시내로 출발하거든요. 그때쯤 돌아가실 거면 입구에서 기다리세요.

오, 신께서 당신을 축복하시길! 넌 이 말을 다만 가슴에 담은 채 머리로 고마운 마음을 표한다. 혀를 움직일 힘이 없다. 진실을 담은 말은 너무 무겁기 때문이다. 마치 이곳의 공기처럼……

트럭이 움직인다. 너는 먼지구름 속에 꼼짝 않고 서 있다.

검은 얼굴의 광부들이 네 앞을 지나간다. 무라일까? 아니, 그는 저들 중에 없다. 자, 네 아들을 찾기 위해 감독에게 가보렴.

한 발을 내디디려 해보지만 다리엔 아직 힘이 없다. 지치고 약한 네 두 다리는 땅 속 깊이 박혀 있는 것 같다. 불이 이글거리고 있는 땅 속까지, 지구 한중심에 있는 용광로 속까지 깊이……. 네 발들이 불타고 있다. 움직이지 마, 숨을 죽여! 정신 차려! 다리를 움직여 봐! 넌 걸을 수 있어. 자, 어서 가지 않고 뭘 기다리고 있는 거냐?

감독이 있다는 건물 앞에 이른다. 너는 문 앞에 멈추어 선다.

크고 육중한 문. 마치 거대한 성채의 문 같구나. 문 저쪽엔 무엇이 있을까? 어쩌면 커다란 터널이 있을지도 모르지. 땅의 중심부까지 깊숙이 들어가는, 땅 끝까지 이르는, 용광로 속으로 이르는 길고 깊은 터널이……

너는 품고 온 비수에 손을 대본다. 그 칼이 불타고 있다.

다스타기르, 너 지금 어디로 가는 거냐? 무라의 가슴에, 네게 남은 유일한 아들에게 그 날카로운 칼을 찌르고 싶은 거냐? 네 고통을 도저히 혼자서만 간직하고 있을 수는 없더냐? 다스타기르, 제발 그를 조용히 내버려두렴! 그도 언젠가는 알게 될 것이다. 다른 누군가에 의해서 알게 되는 것이 더 나을 거야. 그렇다면 넌…… 넌 무얼 해야 하지? 여길 떠나 그의 삶에서 사라지랴? 아니…… 그럼? 오늘 넌 도저히 그에게 슬픔의 소식을 알릴 용기가 없다. 진이 다 빠졌으니 오늘은 그만 돌아가거라! 내일 다시 오는 거야! 내일? 하지만 내일도 마찬가지일 거야. 내일도 오늘과 똑같은 절망만이 있을 뿐이다. 그렇다면 이 문을 두드려! 네 손은 무겁기만 하다. 너는 몇 걸음 뒤로 물러선다.

다스타기르, 너 지금 뭘 하고 있는 거냐? 어딜 가는 거야? 결단을 내릴 힘이 없는 거냐? 무라를 포기하지 마. 그 이름에 부끄럽지 않은 아버지가 되어야지! 네 아들의 손을 잡아라. 그에게 다시 한 번 인생의 길을 보여 주어라. 모든 아버지들이 그러 하듯 말이다.

너는 문으로 다가선다. 문을 두드린다. 날카롭게 삐걱거리는 소리가 네 가슴을 후빈다. 젊은이의 짧게 깎은 머리가 반쯤 열린 문 사이로 나타난다. 오른쪽 애꾸눈이다. 눈조리개 대신에 붉은 세맥의 총(叢)이 각막 위에 퍼져 있다. 그가 널 한 차례 훑어보더니 무슨 일이냐는 듯 머릿짓을 한다. 넌 조금 전에 내린 결정을 따르려고 애쓴다. 네가 대답한다.

— 안녕하시오! 나는 다스타기르의 아들 무라를 만나러 왔소이다. 그 아이가 내 아들이라오.

젊은이가 문을 좀더 열어 준다. 그의 얼굴에서 의심쩍어하는 눈빛이 걷힌다. 그리고 당황한 표정을 짓더니 방 안쪽의 커다란 책상 앞에 앉아 글을 쓰고 있는 남자에게로 향한다.

— 감독님, 무라의 아버지께서 오셨습니다.

이 말에 감독이라는 남자의 몸이 마치 돌덩이처럼 굳어진다. 그의 손에서 펜이 떨어진다. 그의 시선이 네 시선과 마주친다. 둘 사이의 공간을 무거운 침묵이 메우고 있다. 너는 있는 힘을 다해 네 몸을 똑바로 지탱하려고 애쓰면서 한 걸음을 방으로 들여 놓는다. 그러나 주위의 침묵과 감독의 시선이 점점 더 네 어깨를 짓누른다. 네 다리가 후들거린다. 몸이 꾸부러진다. 다스타기르, 너 지금 무슨 일을 한 거냐? 결국 무라를 만나게 해달라고 청하고 말았구나. 넌 아무래도 무라를 죽일 작정인 게야…!
오, 신께서 그를 지켜 주시길. 다스타기르, 넌 아무 말도 하지
않는 거다. 만일 네가 온 이유를 무라가 묻는다면 다른 말, 다
른 구실을 찾아라. 그저 삼촌이 고향에 왔다가 돌아가는 길인
데, 네가 폴레코므리까지 배웅을 나왔다고 둘러대는 거다. 그래
서 폴레코므리까지 온 김에, 이왕이면 근처에 있는 아들의 얼굴
이나 한 번 보고 가자는 생각에서 들른 것뿐이라고 말하는 거
야. 그냥 그것뿐이라고. 지금 넌 집으로 돌아가는 길이라고…….
그래, 그렇게 말해라. 신께서 무라 너를 지켜 주시길…!

감독이 자리에서 일어나 절룩거리며 다가온다. 그의 무거운
손이 지친 네 어깨 위에 묵직하게 얹힌다. 거대한 산들, 산 속
의 모든 석탄들, 콘크리트로 세운 입방체의 건물들, 이 모두를
포함한 탄광 전체가 피곤한 네 두 어깨 위에 얹히는 기분이다.
네 몸이 더욱 꾸부러진다. 감독은 아주 키가 큰 사나이다. 그는
절름거린다. 그를 바라보는 네 시선이 위로 올라간다. 넌 지금
거대한 산과 마주하고 있다. 그의 커다란 입이 마치 널 한 입에
집어삼킬 것만 같구나. 굵고 거친 콧수염 사이로 크고 거무스
름한 치아들이 보인다. 그에게서 석탄 냄새가 난다.
　― 잘 오셨습니다, 어르신. 무척 피곤하시겠군요. 이리로 앉
으십시오.

그는 책상 앞에 있는 나무의자 쪽으로 널 이끈다. 네가 자리에 앉는다. 감독은 절름거리면서 책상 뒤쪽의 자기 자리로 돌아간다. 네 앞에 있는 벽에, 그러니까 감독의 안락의자 바로 위에 그의 거대하고 당당한 초상화가 걸려 있다. 군복을 입은 그가 검은 콧수염 아래로 자랑스러운 승리의 미소를 짓고 있다.

감독이 안락의자에 앉으며 말한다.

— 무라는 지금 탄갱에 내려가 있습니다. 일하고 있는 중이지요. 차 한 잔 드시겠습니까?

떨리는 목소리로 네가 대답한다.

— 친절하시구려. 고맙소이다, 감독님.

감독은 네게 문을 열어 주었던 사환에게 차를 부탁한다.

너는 무라를 당장 만날 수 없다는 사실에 안도감을 느낀다. 좀더 논리적인 대답을 생각하고, 그를 진정시킬 좀더 적당한 말을 찾아낼 수 있는 시간이 아직 더 남아 있는 셈이다. 아마 감독이 널 도와 줄 수 있을지도 모르지. 네가 묻는다.

— 몇 시쯤에 돌아옵니까?

— 여덟 시쯤 되어야 올라올 겁니다.

여덟 시라고? 샤마르는 여섯 시에 떠난다고 했는데……. 게다가 어디서 여덟 시까지 기다린담? 무얼 하면서? 여기서 하룻

밤을 보낼 수 있을까? 그렇게 되면 야씬은 어떻게 하나?

— 어르신, 무라는 잘 지내고 있습니다. 그도 어르신 집에 일어났던 일들을 알고 있습니다. 그분들의 영혼이 편히 잠드시기를……

너는 너무도 놀라서 그 다음 말들을 제대로 듣지 못했다. 뭐라고? 무라도 알고 있다니? 넌 그 말이 무슨 뜻인지 모르겠다는 듯, 혹은 잘못 들었다는 듯 감독의 그 한 마디를 계속 반추하고 있다. 맞아, 네 나이가 되면 귀도 어둡기 마련이고 잘못 듣는 수도 많지. 네가 마침내 큰 소리로 묻는다.

— 그도 알고 있다니오?

— 그렇습니다, 어르신. 그는 벌써 알고 있습니다.

그렇다면 그 아이는 왜 마을로 돌아오지 않은 걸까? 아니, 네 아들 무라라면 그렇게 할 리가 없다. 그건 아마 다른 무라인 게지. 무라라는 이름을 가진 이가 어디 네 아들 하나뿐이랴. 이 탄광에는 그런 이름을 가진 이가 아무리 못 돼도 열 명쯤은 될 거다. 감독은 네가 다스타기르의 아들 무라를 찾고 있다는 걸 모르고 있음이 틀림없다. 감독도 귀가 좀 어두운 것이 틀림없어. 자, 네 소개를 다시 하는 거야!

— 나는 아브쿨에서 온 다스타기르의 아들 무라를 이야기하

고 있소이다.

— 물론입니다. 바로 내가 말하는 자입니다.

— 그럼 내 아들 무라가 어머니와 아내와 동생이 죽었다는 사실을 이미 알고 있다는 거요…?

— 그렇습니다, 어르신. 그는 어르신마저도 돌아가신 것으로 알고 있습니다……. 그런데 감사하게도 신께서 어르신을 살려 주셨군요…….

— 나는 살아 있소. 그 아이의 아들도 살아 있어요…….

— 정말 감사한 일입니다. 신이여, 찬미받으소서…….

아니, 안 될 말이다! 신께서는 찬미받으셔서는 안 돼! 차라리 야씬이 죽고, 다스타기르도 죽었어야 했다! 그것이 더 나을 뻔했어! 이런 불행 속에서 아버지가 아들을 만나고, 아들이 아버지를 보아야 하다니…….

도대체 무라에게 무슨 일이 일어난 거지?

그에게 불행한 일이 일어난 게 틀림없다. 탄광이 무너지는 바람에 무라가 석탄더미 아래 깔렸는지도 모른다. 오, 신이여! 감독, 제발 내게 진실을 이야기해 주오. 도대체 무라에게 무슨 일이 일어났단 말이오?

네 두 눈이 동요한다. 너는 눈에 보이는 모든 것에다 묻고 싶다. 벌레들이 모서리를 갉아먹은 탁자에다, 감독을 불멸의 인간으로 만드는 책상에다, 종이 위에 놓여 있는 펜에다, 네 발 밑에서 꺼져 들어가고 있는 바닥에다, 금방이라도 내려앉을 것 같은 천장에다, 절대로 열리지 않을 듯한 창문에다, 네 자식을 삼켜 버린 이곳의 광맥에다, 네 아들의 뼈들을 검게 물들인 이 탄광에다…… 너는 묻고 싶다.

— 무라에게 무슨 일이 일어났소?
네가 큰 소리로 묻는다.
— 아무 일도 없습니다. 그는 잘 있어요.
— 그렇다면 왜 우리 마을로 돌아오지 않은 거요?
— 내가 가지 못하도록 말렸습니다.
네 무릎 위에 있던 보따리가 땅으로 떨어진다. 네 시선이 미친 듯이 사방을 돌아다니더니, 마침내 감독의 얼굴 위를 달리고 있는 검고 굵은 주름살들 속에서 길을 잃고 만다.

네 생각은 다시 수많은 질문들 속에 갇혀 버리고, 증오심에 사로잡힌다.
아니, 이 감독이 지금 누구인 척하고 있는 거지? 저 사나이는 지금 자신이 대체 누구라고 믿고 있는 거야? 무라의 아버지는 바로 너야. 저 사내가 아니란 말이다! 아, 그가 네게서 무라를 빼앗아 갔는가. 그렇다면 이제 더 이상 무라는 없다. 무라는 사라지고 말았어…….

감독의 쉰 목소리가 방 안에 울려 퍼진다.

— 그는 집으로 가려고 했습니다. 하지만 내가 보내지 않았어요. 내가 말리지 않았던들 그는 자살하고 말았을 겁니다.

그래! 불명예보다는 차라리 죽음이 낫지!

사환이 두 잔의 차를 가져와서 그 하나를 네 앞에 밀어 놓는다. 그리고 다른 하나를 감독 앞에 놓는다. 감독과 사환이 몇 마디 말을 나눈다. 네가 이해할 수 없는 말들, 혹은 네가 듣고 싶지조차 않은 말들.

넌 찻잔을 무릎 위에 올려 놓고는 떨리는 두 손으로 겨우 지탱하고 있다. 하지만 네 다리들도 떨고 있다. 차 몇 방울이 네 무릎 위로 떨어진다. 너는 그 뜨거움도 느끼지 못한다. 네 가슴 속이 이미 불타고 있기 때문이다. 훨씬 더 뜨거운 불로. 친구들, 원수들, 너와 가까운 자들이나 네가 모르는 자들이 심문하듯 꼬치꼬치 캐어묻는 질문들이 들쑤셔 붙여대고 있는 이글거리는 불로.

— 어찌 됐는가?

— 무라를 봤나요?

— 자네, 무라 만나서 이야기했나?

— 무라에게 어떻게 말씀하셨어요?

— 그가 어떻게 하던가?

— 아드님이 뭐라고 합디까?

넌 그들에게 뭐라고 대답할 거냐? 아무런 할 말이 없구나. 넌 아들을 만났다. 그 아들은 이미 모든 것을 알고 있었다. 그런데도 오지 않았다. 어머니와 아내와 동생을 묻기 위해 마땅히 고향으로 돌아왔어야 할 그가 오지 않았다. 무라는 비열한 놈이다, 자존심도 없는 놈.

손이 떨린다. 넌 찻잔을 내려놓는다. 네 안에서 뭔가가 금방이라도 폭발할 것 같다. 네 슬픔이 이제 비로소 형태를 찾았는가? 그것은 폭탄으로 변했다. 이제 곧 폭발할 것이고, 널 가차없이 날려 버릴 것이다. 건널목지기 파테처럼. 미르차 카디르는 슬픔이란 것에 대해 훤히 알고 있었지……. 네 가슴이 와르르 무너지고 있다. 마치 낡은 집처럼, 아무도 살지 않은 빈 집처럼……. 무라는 이제 네 가슴을 떠났다. 빈 집이야 무너져 내린들 무슨 상관 있으랴.

— 차가 다 식겠습니다, 어르신.

— 상관 없소이다.

넌 말이 없다. 감독이 말을 잇는다.

— 그저께까지만 해도 무라는 아주 많이 아팠습니다. 아무것
도 먹지 못하고, 마시지도 못했어요. 자기 방 한구석에서 웅크
리고만 있더군요. 꼼짝 않고 말입니다. 잠도 자지 않았어요. 그
러다 그날 밤 웃통을 드러낸 채 광부들의 고행 모임에 들어가서
는 새벽까지 자기 가슴을 치며 고행을 했답니다. 그리고는 불 속
으로 뛰어들려고 했어요. 옆에 있던 동료들이 황급히 구해서 큰
화는 면했습니다…….

꼭 잡고 있던 두 손이 풀린다. 귀까지 바짝 올라갔던 두 어깨
도 비로소 제자리로 돌아온다. 너는 그제야 네 아들 무라라는
생각이 든다. 그래, 너의 무라는 쉽게 체념할 줄 모르는 사나이
지. 그 아이는 참질 못해. 원수를 파괴하거나, 아니면 스스로를
파괴하고 말지. 이번엔 자신을 불태우는 쪽을 택하였구나. 스스
로를 파괴한 거야…….

하지만 어째서 돌아오지 않았단 말인가? 어째서 빼앗긴 가족
을 위해 자신을 희생하는 편을 택하지 않았단 말인가? 무라 빈
다스타기르, 그는 마을로 돌아왔어야만 했다. 그래서 불 옆이 아

니라 가족들의 시체 옆에서 고행을 하였어야 해……. 그 불행 속에서 다스타기르 너 역시 죽었던 거라고 사람들은 말했었지. 너도 언젠가는 죽을 인생, 틀림없이 죽는 날이 올 텐데 그때 무라는 어떻게 할까? 그가 네 시체를 지켜 줄까? 네 관을 무덤 속에 넣어 줄까? 아니, 네 시체는 수의도 관도 없이 태양 아래서 썩어 갈 거야……. 무라는 이제 네 아들 무라가 아니다. 무라는 자신의 영혼을 돌에다 불에다 석탄에다 그리고 네 앞에 앉아 있는 이 사내, 석탄 냄새를 풍기는 이 사내에게 팔아넘겼다. 이렇게 말하는 사내에게.

— 무라는 일꾼들 중에서 제일 가는 광부입니다. 우리는 다음 주에 무라를 문맹 퇴치 교육 강좌에 보내려고 하지요. 거기서 읽고 쓰는 법을 배울 겁니다. 그러면 언젠가는 무라도 그럴 듯한 자리에 오를 수 있게 됩니다. 우리는 광부들의 대표자로 그를 뽑았어요. 그는 아주 똑똑하고 근면하고 혁명적인 젊은이니까요…….

넌 이어지는 그의 말을 듣지 않는다. 미르차 카디르를 생각한다. 미르차 카디르처럼 너도 여기에 남든지, 아니면 떠나든지 둘 중 하나를 선택해야 한다. 네 아들 무라를 보게 되면, 그에게 뭐라고 말할 생각이냐?

— 잘 있었느냐?

— 안녕하셨어요?

— 너도 알고 있었느냐?

— 알고 있었어요.

— 신께서 널 지켜 주시길.

— 아버지도요.

그 다음엔? 아무런 할 말이 없다. 단 한 마디 말도, 단 한 방울의 눈물도, 단 한 번의 한숨도.

너는 무릎 위에 놓인 보따리를 손에 쥔다. 보따리 안에는 무라에게 주려고 가져온 사과들이 있다. 하지만 이젠 그것을 주고 싶은 생각이 없어졌다. 골레세브 보자기에는 아내의 향기가 배어 있다. 넌 일어나서 감독에게 말한다.

— 이제 가야겠소. 아들에게 아버지가 왔다고 전해 주오. 아버지가 아직 살아 있고, 아들 야씬도 살아 있다고 전해 주구려. 실례했소이다…….

무라여, 영원히 안녕. 넌 고개를 숙이고 방을 나선다. 대기는 아까보다 훨씬 더 답답하고, 훨씬 더 무겁고, 훨씬 더 어둡다. 언덕을 바라본다. 언덕도 네게는 더 크고, 더 검게만 보인다…….
아까보다 더 지치고, 더 피곤하고, 더 검게 보이는 얼굴들이 언덕에서 내려온다. 이번엔 처음 도착했을 때처럼 그들의 얼굴을

샅샅이 살펴보지 않는다. 제발 저들 사이에 무라가 없기를! 넌 탄광의 정문을 향해 걸어간다. 몇 발자국을 걷고 있는데, 한 목소리가 다급하게 널 불러세운다.

— 어르신!

설익은 목소리이다. 감사하게도! 넌 감독의 사환임을 알아차린다. 그가 황급히 네 곁으로 다가온다.

— 어르신, 솔직하게 말씀드릴게요. 실은 사람들이 무라에게 거짓말을 했어요. 민병대와 배신자들이 가족 모두를 죽였다고 말했거든요. 그가 탄광에서 일하고 있기 때문에 죽인 거라고요. 그들이 그에게 겁을 준 거지요. 무라는 어르신께서 살아 있다는 걸 몰라요.

아까보다 더 슬퍼지고 더 기운이 빠진 너는 감독이 있는 건물 쪽으로 몸을 돌린다. 너는 사환의 손을 잡고 간청한다.

— 날 아들 곁으로 데려다 줄 수 없겠나!

— 그건 안 돼요, 어르신. 무라는 지금 탄광 밑바닥에서 일하고 있는 중이거든요. 게다가 감독이 알면 날 죽이려 들 거예요. 그러니 오늘은 그냥 가세요! 내가 무라에게 아버지께서 여기 왔었다고 말할게요.

사환은 네 손을 놓고 싶어한다. 넌 어찌할 바를 몰라하다가 보따리를 땅에 내려놓는다. 주머니를 뒤진다. 그리곤 나스와르 통을 꺼내 사환에게 내민다. 그것을 무라에게 전해 달라고 부탁한다. 사환은 그 통을 받아들고 급히 사라진다.

무라는 네 나스와르 통을 알고 있다. 첫 월급으로 그것을 사다 준 사람이 바로 무라이기 때문이다. 무라는 그 나스와르 통을 보자마자 네가 살아 있다는 걸 알게 되겠지. 그가 널 찾아오면, 넌 네 아들 무라를 다시 인정하게 될 것이다. 만일 그가 오지 않는다면, 더 이상 무라는 네게 없는 자이다. 자, 이제 야씬을 찾으러 가거라. 그래서 고향 마을로 돌아가려무나. 거기서 며칠 동안 무라를 기다리는 거다.

너는 빠른 걸음으로 입구를 향해 걸어간다. 정문에 이른다. 넌 샤마르를 기다리지 않고 어두운 언덕길을 향해 출발한다. 흐느낌이 네 목을 조른다. 눈을 감는다. 가슴 깊은 곳에서부터 흘러 나오는 눈물을 그냥 흐르게 내버려둔다. 다스타기르! 남자답게 굴어! 남자는 울지 않는 법이다. 아니, 그렇지 않아. 우는 게 왜 안 된다는 거지? 네 슬픔이 흘러내리도록 그냥 내버려두렴!

너는 첫번째 고개를 넘는다. 나스와르를 씹고 싶다는 생각이 널 사로잡지만, 이젠 네게 그것이 없다. 아마 나스와르 통은 지금쯤 무라의 손에 있을 것이다.

너는 걸음을 늦춘다. 잠시 멈추어 선다. 고개를 숙인다. 잿빛 흙을 손가락 두 개로 조금 집어 혀 밑에 넣는다. 그리고는 다시 길을 간다……. 뒷짐을 진 네 두 손엔 아내의 골레세브 스카프로 싼 보따리가 들려 있다.

재로 변해 버린 대지의 침묵하는 고통

"아프간 사람은 멸망했다. 그의 정신은 공산주의자들에 의해서, 육신은 종교에 의해서, 그리고 이슬람 문화에 의해서 황폐해졌다. 불행히도 멸망하고 만 것이다." 아프간의 작가인 아티크 라히미는 15년 전 조국을 떠났다. 그후로 한 번도 돌아가지 않았다. 아프간의 위대한 재산인 현자들이 남아 있지 않은 것을 보게 될까 봐 두려웠기 때문이다.

아티크 라히미를 몬트리올 북 살롱으로 안내한 《흙과 재》는 소설이라기보다는 콩트에 가까운 책으로 흙먼지 가득한 한 나라, 곧 전쟁과 비통함이 휩쓸고 있는 아프간을 소개하고 있다. 이 책은 2000년 6월 슬며시 서점에 들어왔다. 그리고는 오늘날에 이르러 전혀 다른 의미를 가지게 되었다.

아티크 라히미는 어제 비행기에서 내리자마자 호기심 많은 기자들의 질문 세례를 받아야 했다. 그리고 이런 일은 그가 처음 방문한 퀘벡에 머물러 있는 내내 계속되었다. 독자들과의 예정된 만남들도 있었음은 물론이다.

맑은 눈을 가진 이 아프간 사나이는 자신의 고국과 관련된 정치적 결정에 관한 의견을 묻거나, 혹은 아프가니스탄의 장래에 대해 예상해 달라고 강요하듯 묻는 것을 좋아하지 않았다. "그런 이야기는 거북합니다. 나는 군사전략가도 아니고, 정치가 또한 아니니까요"라고 부드럽게 말을 잘랐다. 아티크 라히미는 작가로서의 시각만 보여 줄 수 있을 뿐이며, 그외에 자기가 할 수 있는 일은 아무것도 없음을 분명히 했다. 사실 그것만으로도 결코 작은 일이라 할 수 없을 것이다. "작가는 자기 시대를 대변하는 자이지 한 나라의 국민을 대변하는 자가 아닙니다"라고 그는 완벽한 프랑스어로 말했다.

그러면서도 그는 수 년 동안 자신의 고국의 불행에 대해서 무관심했던 국제 공동체의 관용주의에 대한 분노를 여러 번 드러내기를 마다하지 않았다. 그는 앞으로 몇몇 국가의 재난들은 단순히 종교적 문제들로만 다룰 수 없을 것으로 내다보고 있었다. 작가는 그것들이 만일 이번에 미국에서 일어난 테러들처럼 끔찍한 위기를 더 이상 겪지 않으려면, 세계적인 문제로 다루지 않으면 안 될 그야말로 세계적인 문제들이라고 설명한다.

아티크 라히미는 1962년 카불의 지성적인 가정에서 태어났다. 그는 아프가니스탄에서 아름다운 유년 시절을 보냈다. 하지만 그 아름다운 시절도 그가 1980년대에 조국을 떠나는 것을 막진 못했다. 그때 그의 나이 스물두 살이었다. 그는 그렇게도 혐오하는 전쟁을 피하고 싶었고, 동시에 풍요로운 문화적 분위기를 다시 느끼고 싶었다. 그는 프랑스를 택했다. 빅토르 위고와 세르주 갱스부르를 사랑했기 때문이다. 그때부터 파리에 살면서 광고와 기록 영화를 만드는 다양한 작업을 펼치고 있다. 그동안 그는 두 권의 소설 《흙과 재》·《공포에 찬 어느 날 새벽》을 집필했다. 후자는 독재와 테러를 다룬 책이다. 그의 어머니에게 바친 이 책은 내년 봄 프랑스어로 출간될 것이다.

아티크가 쓴 두 작품은 아프간-소련 전쟁의 소용돌이 가운데 있는 아프가니스탄을 이야기하고 있다. 그에 의하면 아프가니스탄에서 모든 것이 흔들리게 된 것이 바로 이때이다. "처음엔 아프간의 공산주의자들이 소련에 의해 배신을 당했습니다. 그러자 이 배신 앞에서 민족주의자들, 애국자들, 그리고 일부 지식인들까지도 이에 대한 반응으로 또 다른 테러로 빠져들었습니다. 종교적 테러 말입니다"라고 아티크는 말한다. 그는 해독제가 순식간에 독으로 변했다고 믿고 있다.

《흙과 재》라는 아주 작은 책 속에서 그는 종교 문제를 직접적으로 다루진 않는다. 전쟁은 어린 소년인 야씬과 그의 할아버지를 탄광으로 안내하는 길의 밑바탕을 이루고 있다. 이들은 폭격당한 마을에서 유일하게 살아남은 자들로서, 탄광에서 일하고 있는 야씬의 아버지에게 그들의 불행을 전하기 위해 가는 중이다. 폭탄은 어린 소년의 청력을 앗아갔지만, 소년은 다른 사람들이 말을 할 수 없게 된 것이라고 믿고 있다. 누가 옳은 걸까? 우리는 모른다. 《흙과 재》의 아프가니스탄은 온통 먼지로 뒤덮여 있다. 그래서 노인은 손자가 먹으려는 사과의 먼지를 닦아내기 위해 자신의 옷에 문지른다. 하지만 사과는 전보다 더러워질 뿐이다. 물과 희망은 야씬의 황폐한 국가에서는 너무도 구하기 힘든 것들이다.

그러나 아티크 라히미의 기억 속에는 또 하나의 아프가니스탄, 곧 평화와 번영의 땅이 존재한다. 많은 것을 알고 있는 현자들이 많은 나라가 바로 아프가니스탄인 것이다. 그들은 늘 세상을 염두에 두고, 그에게 다가오는 사람들에게 세상을 조금씩 나누어 주는 상인 미르차 카디르 같은 이들이다. 하지만 아프가니스탄에서 이런 지식인들은 무기가 침묵을 강요한 이래로 더 이상 아무런 말도 할 수 없다. 살아남을 자들을 위해 꼭 해주어야 할 말들을.

"1978-79년에 공산주의자들은 1만여 명의 엘리트들을 감옥에서 학살했습니다. 그리고 더 많은 수의 지식인들·작가들·예술가들이 이슬람교도들에 의해서 파키스탄에서 살해당했지요. 또 다른 지식인들은 망명했으며, 그 일부는 최근 탈레반 정권에 의해 죽음을 당했습니다."

그것이 바로 아티크 라히미가 가장 두려워하는 것이다. 그래서 그는 아직 고국으로 돌아가지 않고 있다. "과거 우리 국가와 정신·양심의 바탕이 되었던 것이 바로 그 지혜라는 것이었습니다. 그런데 탈레반 정권은 그것을 무너뜨리기 위해서 수단과 방법을 가리지 않고 모든 것을 동원했지요."

"탈레반 정권의 독재 아래 모든 것이 금지되었습니다. 음악도 춤도 욕망도 기쁨도." 비록 탈레반 정권이 물러나 이번 주에는 아프간의 수도에서 음악 소리가 들리기 시작했어도, 그는 탈레반 독재에서 벗어난 아프가니스탄의 미래에 대해 아주 조심스러워한다.

"도처에 해방의 분위기가 돌고 있으며, 매일 축제가 벌어집니다. 하지만 아프가니스탄을 새로이 태어나게 하기 위해서 해야 할 일들은 여전히 남아 있지요. 그것은 아주 막중한 일입니다. 종교적이거나 민족적인 의식보다 국가적인 의식을 가질 필요가 있어요. 그것은 정말 막중한 일이 아닐 수 없습니다." 저자의 말은 그리 낙관적이지 않다. 아직 끝나지 않은 이번 테러로 인한 전쟁의 미래에 대해서는 더더욱이나 예상할 수가 없다. 그래서 그는 말한다. "내가 할 수 있는 일이라곤 그저 소망을 품는 것뿐입니다."

라 리브르 퀼튀르 / 2001년 1월 24일

아프가니스탄의 모든 눈물

《흙과 재》는 폭력의 충격이 고스란히 드러나고 있는 걸작이며, 비극이라는 베일 속에 감추어진 보석이다. 3주 전부터 우리는 아프가니스탄에서 벌어지고 있는 전쟁에 관한 영상들의 폭격을 받고 있다.

이제 우리는 모든 일을 멈추고, 파리에 망명해 있는 위대한 아프간의 작가가 쓴 이 짧은 소설을 읽기 위해서 적어도 두 시간 정도의 시간을 내지 않으면 안 될 때이다. 극히 단순한 문장들과 비수로 찌르는 듯한 줄거리로, 아티크 라히미는 아프간 북부의 산지에 살고 있는 자존심 강한 부족들의 이야기를 다룬 조제프 케셀의 대하 소설보다 더 감동적으로 자신의 고국을 이야기하고 있다. 또한 그는 피로 물든 땅에서 일어나고 있는 갈등들의 부조리를 언론사들의 수많은 뉴스들보다 더욱 생생하게 전해 주고 있다.

이 짧은 책의 아름다움은 이란인들을 강타하고 있는 비극과 종교적 편협성에도 불구하고, 인간의 사랑을 정제된 표현으로 그려내는 이란 영화들이 보여 주는 아름다움과 비슷하다. 아티크 라히미는 이렇게 말한다. **"어르신도 아시겠지만, 때때로 고통은 녹아내려서 우리의 눈으로 흘러 나오기도 합니다. 그런가 하면 면도날처럼 날카로운 말이 되어 입술 사이로 새어 나오기도 하지요. 아니면 우리 안에서 폭탄으로 변해 어느 날 갑작스런 폭발로 우리를 파열시키기도 하고 말입니다……."** 보들레르는 자신의 고통에게 밤이 오기까지만 조용히 침묵해 달라고 요청했다. 그러나 아프가니스탄에는 공포를 가라앉힐 수 있는 안식의 밤이란 더 이상 존재하지 않는다.

그리스의 알렉산더 대왕이 인도의 불교와 혼약을 맺었던 이 땅은 20년 전부터 전쟁터로 변해 버렸다. 아티크 라히미는 소련의 폭격으로 온 가족이 몰사하였다는 소식을 전하기 위해, 손자를 데리고 광산에서 일하고 있는 아들을 찾아가는 할아버지의 극히 단순한 이야기를 통해서 끝없이 되풀이되는 전쟁의 비극을 이야기하고 있다. 전쟁은 온 마을 사람들의 목숨을 앗아갔으며, 요란한 폭발음은 손자의 귀마저 멀게 만들었다. **"살아남은 이라곤 이 어린 손자뿐이었소. 그런데 이 애마저도 내 말을 알아들을 수 없게 되어 버린 것 아니겠**

소. 마치 돌에다 대고 이야기하는 것 같았지요. […] 말을 한다는 것
도 소용이 없더이다, 형제여. 다른 사람의 말을 들을 수 없을 땐, 말
을 한다는 것도 아무 의미가 없는 거라오. 그건 눈물과 같은 거요
……." 노인은 아직도 살아 있는 것에 대해 분노한다. "그때 내가 어
찌하여 도착 전에 파편이라도 맞아 죽어 버리지 못했는지 모르겠소!
대체 내가 무슨 죄를 지었기에 죽지 않고 살아서 그렇게 처참한 꼴
들을 두 눈으로 보아야 했단 말인지……." 말을 들을 수 없는 손자
는 소련 군인들이 어째서 사람들의 목소리를 빼앗아 갔는지 궁금하
기만 하다. 노인은 마침내 아들 무라가 일하고 있는 탄광에 도착하
지만 그를 만나지 못한다.

　작가가 강조했듯이 여기 아프간의 3대가 있다. 전통을 지키려는
할아버지, 전쟁과 복수의 악순환 속에서 옴짝달싹할 수 없는 아들,
그리고 더 이상 귀도 들리지 않고 내일이면 목소리마저 잃은 채 자
신의 틀 속에 갇힌 존재가 되어 버릴 아프간의 미래, 손자. 망명한
이 작가의 책은 당장 우리가 읽어야만 할 책이다.

렉스프레스 / 2001년 9월 27일

'너' 로 시작되는 알아들을 수 없는 중얼거림

　만일 당신이 올해 동양에서 온 책 가운데 단 한 권의 책을 읽어야
만 한다면, 그것은 틀림없이 아티크 라히미의 《흙과 재》이어야 할
것이다. 그것은 놀랍기 그지없는 책이다. 당신은 수 년 동안 보지
못했던 문학적 창조력을 접하게 될 것이다. 아티크 라히미의 어조와
짧게 끊어지는 문장은 독자들을 아연실색하게 만든다. 바짝 마른 강

가 도로 위에 햇볕과 먼지로 퇴색된 듯한 한 노인이 기다리고 있다. 그는 자신을 저쪽 산 너머에 있는 탄광으로 데려다 줄 차를 기다리고 있다. 탄광은 그의 아들이 일하고 있는 곳이다. 시간은 흘러간다, 아주 느리게. 노인 옆에서는 어린아이가 놀고 있다. 노인의 손자이다. 아이는 소련군이 마을을 습격한 이후로 귀가 멀어 버렸다. 주변 사람들이 왜 목소리를 잃어버렸는지 이해하지 못하는 아이는, 어느 가을날 아침의 뙤약볕 아래 자갈밭과 가시덤불 속에서 노닐고 있다. **"할아버지, 소련 군인들이 세상 사람들의 목소리를 빼앗아 가려고 온 거지? 사람들의 목소리를 모아다가 뭘 하려고 그러는 거야? 할아버지는 왜 목소리를 그냥 가져가게 내버려두었어요?"** 노인은 생각한다. 마을을 잿더미로 만든 폭탄들과 불길이 가족들을 삼켰을 때 그들이 내지르던 비명, 학살당한 마을 사람들의 환영이 그의 눈앞에 어른거린다. 그는 이런 참상을 아들에게 전해야만 한다. 하지만 어떻게 말해야 한단 말인가? 자존심 강한 그의 아들은 어떤 반응을 보일 것인가? 아프간 사나이인 그의 아들은 철학적으로 깊이 명상에 잠기거나, 전쟁의 논리니 뭐니 하면서 사리를 따져 가며 생각하는 타입이 아니다. **"그 아이에게 있어서 피는 오직 피를 부를 뿐이다. 아마 자기의 생명을 던져서라도 복수를 하려고 할 것이다. 그것만이 유일한 탈출구이다! 그 아이가 할 수 있는 일이라곤 손에 피를 묻히는 일밖에 없을 것이다."** 지하 갱 속에서 일하고 있는 그의 아들에게 있어서는 **"치욕을 당하느니 차라리 죽는 것이 더 낫다."**

아티크 라히미는 3대를 무대에 올려 놓고 있다. 노인은 명예와 확신이라는 코드를 지니고 살아가는 과거를 상징한다. 지하 밑바닥에서 일하고 있기에 모습을 볼 수 없는 아들은 현재를 의미하며, 배반을 당한 이후로(이슬람교 지도자들과 정치가들·공산주의자들, 그리고 서방의 '동맹국들'로부터) 복수의 욕망에 움직이고 있는 전사들의 세대를 상징하는 인물이다. 귀가 먼 채로 침묵의 세계 속에서 살아가야 하는 손자는 미래를 나타낸다. "아프가니스탄은 언젠가는 반드시 다시 일어설 것이다. 하지만 이미 상처를 입은 자들은 결코 회복하지 못할 것이다"라고 아티크 라히미는 씁쓸한 미소를 띠며 확언한다.

귀가 멀어 버린 미래의 아프간 국민들이라? 라히미는 이렇게 설명한다. "그렇습니다. 만일 그들이 절대로 울지 않는 자부심 강한 전사들이라는 옛날의 이미지를 스스로 끊어내지 않으면 그들은 그렇게 되고 말 겁니다. 물론 복수의 쳇바퀴 속에 들어가 있는 학대받는 포로들이라는 현재의 이미지와도 결별하지 않으면 안 되지요." 아티크 라히미는 그들의 신화를 벗어 버린 '아프간의 민족성'을 변호한다. 그에게 있어서 마음속 고백은 진실보다 더 중요하다. "왜냐하면 진실을 밝히기 위해서는 무덤 속에 잠들어 있는 죽은 자들에게 말을 시키는 일부터 시작해야 하기 때문이다."

이 슬픔의 이야기는 무엇보다도 삶의 이야기이며, 절망적인 세상의 부조리를 넘어서는 힘의 이야기이다. 오늘날 우리 앞에 서 있는 적이 과연 무엇인지를 알고 싶어하는 사람이라면, 속히 읽어보아야 할 책이다.

··

텔레라마 / 2001년 9월 26일

"넌 아무것도 보지 못했어"

"미국에 있어서 아프간은 곧 탈레반일 뿐이다." 아티크 라히미. 프랑스에 망명해 있는 이 아프간의 지식인은 미국의 방송 매체들이 위험을 무릅쓰고서까지 탈레반을 반대하는 태도를 유감스럽게 여기고 있

다. 그는 자신의 고국이 오랫동안 개방적이고 현대적인 이슬람 국가의 모델이었다는 점을 상기시키고 있다.

아프간의 작가이자 시네아티스트인 39세의 아티크 라히미는 1985년부터 프랑스에서 살고 있다. 그의 소설 《흙과 재》는 한 어린아이와 노인의 시선 속에서 아프간 – 소련 전쟁의 황폐함을 포착하려 한다.

텔레라마 — 2001년 9월 11일을 어떻게 보냈습니까?

아티크 라히미 — 사실 내게 있어서 9월 11일의 테러는 마수드 국방장관의 사망 소식으로 그 전날 이미 시작되었다고 할 수 있습니다. 나는 너무나 분노했고 충격을 받았어요……. 비록 그의 죽음이 그때까지만 해도 분명하게 확인된 것은 아니었지만요. 우리는 아프가니스탄의 장래를 생각하고 있었는데, 마수드 없이 어떻게 미래를 계획할 수 있겠습니까?

텔레라마 — 당신 세대에게 있어서 마수드는 무엇을 의미하는 사람인가요?

아티크 라히미 — 구소련이 아프간을 침공했을 때의 나는 열일곱 살이었습니다. 그래서 정말이지 우리에게 있어서 마수드는 영웅이었지요. 그는 아프간의 자유와 독립의 상징이었어요. 우리의 체 게바라였던 셈입니다!

그후 용감하고 탁월한 장군이었던 그가 정부 수뇌부에 자리하면서 정치가가 되었을 때, 우리는 어떤 거리감을 느꼈습니다. 그리고 탈레반이 정권을 잡았고, 아프가니스탄은 일종의 군사 훈련장에다 종교 학교가 되고 말았습니다. 사우디인들과 파키스탄인들이 뒤섞인 광신적 이슬람교도들을 위한 종교 학교 말입니다. 나는 '체제 완전보전주의자' 라는 말도 싫어하고, '기초 제일주의자' 라는 말도 좋아하지 않습니다. 전자는 가톨릭교 용어에서 나온 것이고, 후자는 그리스도교 용어에서 나온 것으로 여겨집니다. 나는 그 용어들이 모두 '탈레반주의'라는 뜻이라고 생각하지요. 마수드는 유일하게 탈레반주의자들에게 분명히 대항했던 자이며, 반탈레반주의의 여러 파들을 군사적으로 한데 모을 수 있는 유일한 인물입니다. 그래서 마수드의 사망 소식을 접했을 때, 그것은 곧 저항의 힘이 죽었음을 의미하는 것이었지요!

텔레라마 — 그렇다면 당신은 최악의 사태를 두려워하시는 것 같은데……, 어쨌든 다음날 그에 못지않게 엄청난 테러가 미국을 대상으로 행해졌지 않습니까!

아티크 라히미 — 절대로 그렇지 않아요! 나는 그때 프랑스에 있었어요. 도스토예프스키의 전 작품을 연구하고 있었죠. 그러다 뉴욕이 테러를 당했다는 소식을 듣는 순간, 곧 이런 생각이 들었습니다. 마수드가 죽었고, 이제 그 결과가 나타나기 시작한 거다! 그건 어쩌면 엉뚱한 생각처럼 느껴질지도 모르겠지만, 아무튼 내게 있어서 그 두 사건 사이의 관계는 너무나 분명했습니다. 그건 누가 뭐라고 해도 탈레반 정권의 행위였으니까요. 그때 내가 알고 있는 아프간에서의 전쟁들에 관한 영상들이 떠올랐습니다. 나는 카불에 로켓포탄들이 떨어졌을 때, 이미 피와 불길 속에 휩싸인 아프가니스탄을 보았던 사람입니다. 그때의 로켓포탄들이 아마도 가까운 장래에 또 떨어지게 되겠지요.

텔레라마 — 70년대까지만 해도 아프가니스탄은 개방적인 현대적 이슬람 국가의 모델로 알려졌었는데요…….

아티크 라히미 — 그렇지요. 수피교에 가까운 매우 신비한 성격을 지닌 이슬람 국가였지요. 그래서 사적인 영역에서는 여전히 영성을 보존하고 있습니다. 아프가니스탄의 특징은 페르시아와 더불어 아시아의 중심에 있다는 겁니다. 그래서 우리는 불교와 조로아스터교도 받아들였지요. 따라서 이슬람교와 함께 관습이나 예술·사상에 있어서 놀라운 혼합 양식을 만들어 낼 수 있었습니다. 그것이 바로 문화라는 것이지요. 서로 다른 전통들을 받아들이는 능력 말입니다. 이런 식으로 나는 나 자신을 페르시아인으로 여기고 있습니다.

텔레라마 — 당신에게 있어서 서양은 무엇을 의미합니까?

아티크 라히미 — 내게는 서양이니 동양이니 하는 것이 아무 의미가 없습니다. 이슬람 세계에 대한 유대-그리스도교 세계를 뜻하는 서양 문화를 말하는 것이라면, 그것은 내게 아무런 의미가 없지요. 그래도 서양에 대한 정의를 내려야만 한다면, 그것은 법과 종교가 분리된 문명이라는 겁니다.

텔레라마 — 그렇다면 당신은 '문화 충돌' 을 두려워하는 사람들에 속하지 않는다는 말씀인가요?

아티크 라히미 — 물론 이슬람교도들에게 전쟁을 선포함으로써 탈레반 테러범들에게 반격을 가하게 된다면, 문화 충돌을 두려워하지 않을 수 없지요. 나는 부시 대통령이 하는 말을 들었을 때, 마치 한 편의 서부 영화를 보고 있는 듯한 기분이 들었습니다! 자신과 다른 세계들은 전혀 보려고 하지 않는 외곬 생각이 여전히 문제더군요. 하기야 그런 사고 방식은 정권을 확고히 하는 데 매우 중요한 태도이긴 합니다. 결국 그런 태도는 탈레반 정권이나 마르크스-레닌주의 등 한 마디로 모든 전체주의자들과 똑같은 사고 방식에서 나온 것입니다. 나는 CNN 방송을 보고 미국 신문들을 읽습니다만, 그들은 미국 내에서도 반대하는 사람들이 있을 수 있다는 사실에 대해선 절대로 언급하지 않아요. 미국인들에게 있어서 아프간은 곧 탈레반일 뿐입니다. 그렇기 때문에 미국인들이 미국 내에 거주하는 아프간 사람들이 운영하는 상점들을 공격하러 갈 수 있는 거지요. 마치 그들이 테러에 공모라도 한 것처럼 말입니다.

텔레라마 — 미국인들의 보복을 두려워하는 아프간 사람들이 파키스탄이나 이란의 국경으로 급히 피해 가는 것을 보면서 무엇을 느끼십니까?

아티크 라히미 — 그것은 내 마음을 아프게 합니다. 나는 그 사람들을 자주 생각합니다. 그들은 아프간 동족들이 끔찍하도록 지겨워진 거예요. 20년이라는 긴 세월 동안 전쟁을 겪어 온 사람들이니까요! 나는 상가트에 있는 7백 명의 난민들이나 다른 곳에 피신해 있는 사람들도 떠올립니다. 그런데 세계는 이처럼 방황하면서 떠도는 국민들을 점점 더 비난하고 있습니다. 그들을 어떻게 도울 수 있을까요? 그것은 정치적인 문제겠지요.

텔레라마 — 그들은 당신의 소설 속에 나오는 인물들과 닮았습니다. 소련의 폭격 아래 모든 것을 잃어버린 후, 산 속으로 아들을 찾아나선 노인 말입니다……. 아이는 귀가 멀었지요. 당신은 그들을 통해서 무엇을 상징하려고 했던 건가요?

아티크 라히미 — 소련의 폭격에 귀가 먼 어린 소년은 내게 있어서 아프가니스탄의 미래를 나타냅니다. 전쟁에 의해 장애인이 되어 더 이상 자신에 대해서도 세계에 대해서도 생각할 수 없게 된 국민을 뜻하는 거예요. 아이가 "세상 사람들 모두가 목소리를 빼앗겼어"라고 말하지요. 나는 아프간 아이들의 얼굴을 볼 때마다 이런 생각을 합니다. 이 아이들에게 있어서 삶이란 무엇을 의미하는 걸까…… 하는.

내가 1985년에 프랑스를 택했던 것은 알랭 레네와 그의 영화 《히로시마 내 사랑》 때문이었습니다. "넌 히로시마에서 아무것도 보지 못했어"라는 대사가 지금까지도 내 마음속에 살아 있습니다. 우린 미국과 아프가니스탄에서 일어난 두려움들에 대해서 이야기를 나누었지만 사실 난 아무것도 보지 못했습니다. 나는 방황 속에서 살아가는 그 어린아이 같은 상황은 아직 겪어 보지 못했으니까요. 전쟁이 무엇인지는 나보다도 그 아이가 더 잘 알고 있는 거지요.

르 탕 / 2000년 7월 1일

죽은 자들이 살아남은 이들보다 행복하다

아티크 라히미의 충격적인 이야기 속에서 아프간의 젊은 망명자는 전쟁으로 황폐해진 고국의 고통을 상징한다.

먼지투성이 옷을 입은 한 노인이 시린 뼈를 가을 햇볕에 쬐고 있다. 노인 옆에는 어린 사내아이가 배고프고 목마르다며 칭얼댄다. 두 사람은 다리 난간에 기대앉아 있다. 다리의 반대편 끝에는 탄광으로 가는 길이 산 속으로 이어지고 있다. 그 탄광에는 한 사람의 아들이자 다른 한 사람의 아버지인 무라가 일하고 있다. 노인과 아이는 끔찍한 소식을 그에게 알려 주려고 왔다. 소련의 폭탄이 온 마을을 폐허로 만들었던 것이다. 유일하게 살아남은 두 사람은 불행을 전달하는 메신저이다.

아티크 라히미는 15년간 프랑스에서 망명 생활을 하고 있다. 그는 전쟁과 개인적인 이유로 군대에 가고 싶지 않아서 조국을 피해 왔다. 그는 기록 영화를 제작하며, 최근의 작품은 로마로 추방당한 후 모든 사람들로부터 잊혀진 존재가 되어 버린 아프가니스탄의 왕에 관한 내용이었다. 첫번째 소설을 위해서 이 젊은 영화인은 극히 단순한 문체를 선택했다. 끊임없이 솟아나는 기억 속의 환영들은, 자동차가 긴 도로 위에서 먼지구름을 일으키면서 아주 천천히 사라지는 장면이 나오는 압바스 키아로스타미의 영화를 떠올리게 한다. 아티크 라히미의 소설에서 두 인물이 기다리고 있는 것이 바로 자동차이기 때문이다. 그들은 광산으로 가는 트럭을 기다리고 있는 중이다. 어떻게 자식의 가슴에 '날카로운 슬픔'의 칼날을 꽂을 수 있을 것인가? 그것이 노인의 풀 수 없는 숙제이다. 목적지에 이르자 노인은 자신이 너무 늦게 도착했음을 깨닫고는 아들의 얼굴도 보지 못한 채 되돌아간다.

《흙과 재》는 프랑스어로 번역되기 전 뱅센에서 페르시아어로 출간되었던 책이다. 이 책은 지금 작가의 고국에서 은밀히 읽혀지고 있다. 소련군에 짓밟히고 내전으로 분열된 그 땅에서. 하지만 사람들이 신앙이라는 이름으로 학살당하고 있는 곳이라면 어디에서든 전개될 수 있는 이야기이다. 이 잔인한 비극을 수식하고 있는 어떤 이국적인 장식도 없기 때문이다.

르 탕 — 첫번째 소설의 주제로 전쟁을 택하셨군요. 그것은 전쟁으로 죽은 자들을 애도하기 위함인가요?

아티크 라히미 — 그렇습니다. 아프간 사람들은 소련 군대가 떠난 후에도 죽은 자들을 위해 애도할 시간조차 없었습니다. 다시 내전으로 들어갔으니까요. 폭력이 아프간을 지배하게 된 이유가 바로 그것이죠. 현재 아프간을 휩쓸고 있는 갈등의 심리학적 요인들은 매우 중요합니다. 제 소설에서 현자가 고통에 대해서 말하는 부분과 같이 말입니다. 그는 고통이란 눈물이 되어 터져 나오든지 비수처럼 찌르는 말이 되어 언어로 표출되는 것이라고 말합니다. 그것도 아니면 내부에서 폭탄이 되어 폭발하게 되지요. 대개의 경우 고통은 폭력으로 모습을 나타냅니다. 살아 있는 이들은 죽은 자들을 애도하는 것에 직면하고 싶어하지 않아요. 아무도 가까운 사람들에게 일격을 가하고 싶지 않은 것이지요. 나의 형님도 전쟁에서 죽었어요. 그때 나는 이미 프랑스에 와 있었고요. 아버지는 나를 위해서 그 이야기를 한 마디도 하지 않으셨습니다. 나는 그후 2년이나 지나서야 그 사실을 알게 되었죠. 하지만 우린 이처럼 아무것도 말하지 않으면서 살아갈 순 없습니다. 정치에서는 물론이고 일상 생활에서도 이 나라에서는 투명한 것이 하나도 없습니다.

르 탕 ─ 상처받은 명예라는 주제가 되풀이되고 있지요. 노인의 아들인 무라는 아내를 모욕한 자에게 상처를 입힌 후에 마을을 떠나야만 했습니다. 당신의 고국에서 이러한 코드는 여전히 중요한 것인지요?

아티크 라히미 ─ 그렇습니다. 매우 엄격하다고 볼 수 있어요. 예를 들면 노인은 며느리가 죽었다는 사실을 알리는 것보다 그녀가 목욕탕에 있을 때 폭탄이 터지는 바람에 알몸으로 거리로 뛰쳐나왔다는 사실을 알려야 한다는 걸 더 두렵게 여기고 있지요. 나는 노인의 꿈속에까지 개입하고 있는 이런 맹목적인 자존심이라는 숙제를 풀어 보고 싶었습니다. 또한 고통이 눈물로 흘러 나와서는 안 되고, 반드시 폭력으로 변해야만 한다는 남성적 이미지와도 고리를 끊고 싶었고요. 이 소설이 가부장적 법칙을 문제삼고 있다는 점도 읽으실 수 있을 겁니다. 전쟁은 아마 모순적이게도 긍정적인 면도 지니고 있는 것 같습니다. 사람들이 갇혀 있는 이 가부장적 제도를 검토하지 않을 수 없게 한다는 점에서요. 그리고 소설 속에서 노인이 신에게 반항을 하면서 분통을 터뜨리는데, 그것도 전에는 생각조차 못해 본 일이었지요.

르 탕 ─ 2인칭 단수인 '너'를 주어로 하는 문장 형식을 취하셨더군요. 그것은 무엇을 의미하나요?

아티크 라히미 ─ 그것은 노인의 내부가 분열되어 있다는 표시이면서 동시에 노인의 내면 생각을 큰 소리로 드러내기 위함입니다.

르 탕 — 요란한 폭발음이 아이의 귀를 멀게 만들었지요. 청각 장애는 은유를 포함하고 있나요?

아티크 라히미 — 아이는 자신이 듣지 못하는 것이 아니라 갑자기 세계가 입을 다물었다고 믿습니다. 그것이 바로 순진한 자의 관점인 거죠. 하지만 전쟁이 목소리를 빼앗아 간 것은 사실입니다. 언어를 빼앗아 간 거죠. 듣지 못하게 되었으므로 야씬은 언젠가는 말도 하지 못하게 될 겁니다. 말은 한동안 그의 내면에 남아 있겠지만, 언젠가는 그를 폭발시키겠지요.

르 탕 — 소설 속에서 꿈 이야기들과 콩트들이 중요한 위치를 차지하고 있더군요. 그것은 페르시아 문화의 유산인가요?

아티크 라히미 — 카불에는 가수들과 화가 · 시인들의 거리가 있었습니다. 나는 그곳엘 자주 갔었지요. 거기에 자전거들을 지켜 주는 분이 있었는데, 아주 위대한 시인이었죠. 그는 페르시아 고전문학과 신화들에 대해 해박한 지식을 가지고 있었어요. 이런 바탕은 아직도 입에서 입으로 전해지는 전통 속에 그대로 남아 있습니다. 노인의 꿈들은 그의 내면에 깊이 배어 있는 것들입니다. 심지어 꿈들은 그가 자신에게조차 고백할 수 없는 것들, 성적 욕구, 욕망, 폭력들까지도 그대로 노출시키게 만들죠.

르 탕 — 당신은 영화인입니다. 고국에 대한 이야기를 왜 영상으로 풀어내지 않고 굳이 글로 표현하셨는지요?

아티크 라히미 — 영화는 또 다른 언어일 뿐입니다. 작가는 세상에 대한 자신의 해석과 시각을 보여 줍니다. 기록 영화는 그렇지 않아요. 가장 아름다운 이미지들을 만들기 위해서는 전설이 필요합니다. 문학은 우리가 보고 있는 것 뒤에 있는 것을 펼쳐 보이게 해줍니다.

슬픔의 칼날

먼지 속에서 흘러내리는 눈물, 입 밖으로 내기 힘든 말들, 도처에서 보게 되는 전쟁의 흔적인 잿더미, 이것들이 오늘날 아프가니스탄에 남아 있는 것의 거의 전부이다.

페르시아인들에게 있어서 진실은 깨어진 거울이다. 지나가는 사람들마다 한 조각씩을 주워들고는 그것이 진실의 전부라고 믿는다. 예전에는 물론이고, 최근까지도 수피교도들과 열렬한 신도들의 국가인 아프가니스탄은 이 거울과 같다. 이슬람교도들의 무리는 아프가니스탄을 분쇄하고, 여러 조각으로 찢어 놓았으며, 찢겨진 각각의 조각들은 서로를 적으로 여기고 있다. 각자 신의 진리가 지배하는 세계를 만들어야 한다고 소리 높이고 있지만, 이 황폐하고 분열된 국가에 묘지와 그늘과 잿더미가 만들어 내는 진실 외에 어떤 다른 진실이 존재할 수 있을 것인가? 게다가 사람들은 누군가가 그 진실이라도 주워담아서 극히 일상적인 말과 아프간 사람들 특유의 조심성을 가지고 글로 표현해 주기를 기대할 수 있는 상황도 아니었다. 그래도 아프간의 마지막 남은 위대한 목소리인 세이드 바호딘 마즈루가 1988년 파키스탄에 있는 자신의 집에서 이슬람교도의 총탄에 쓰러지기 전까지는 대서사시를 통해 그 진실을 이야기해 주었다. 그런데 오늘날 프랑스에 망명해 있는 젊은 작가인 아티크 라히미의 목소리가 세이드 바호딘 마즈루보다 더 내밀한 목소리와 덜 서정적인 문체로 아프간의 비극을 상기시키고 있다.

김주경
이화여대 불어교육학과 졸업
연세대 불어불문과 대학원 졸업
이화여대 · 경기대 강사 역임
역서:《경제적 공포》《세계의 비참》
《느리게 산다는 것의 의미 1 · 2》
《산다는 것의 의미》외 다수

현대신서
41

흙과 재

초판발행: 2002년 1월 20일

지은이: 아티크 라히미
옮긴이: 김주경
펴낸이: 辛成大
펴낸곳: 東文選

제10-64호, 78. 12. 16 등록
110-300 서울 종로구 관훈동 74번지
전화: 737-2795

편집설계: 韓仁淑

ISBN 89-8038-226-X 04890
ISBN 89-8038-050-X (현대신서)

【東文選 現代新書】

1 21세기를 위한 새로운 엘리트	FORESEEN 연구소 / 김경현	7,000원
2 의지, 의무, 자유 — 주제별 논술	L. 밀러 / 이대희	6,000원
3 사유의 패배	A. 핑켈크로트 / 주태환	7,000원
4 문학이론	J. 컬러 / 이은경 · 임옥희	7,000원
5 불교란 무엇인가	D. 키언 / 고길환	6,000원
6 유대교란 무엇인가	N. 솔로몬 / 최창모	6,000원
7 20세기 프랑스철학	E. 매슈스 / 김종갑	8,000원
8 강의에 대한 강의	P. 부르디외 / 현택수	6,000원
9 텔레비전에 대하여	P. 부르디외 / 현택수	7,000원
10 고고학이란 무엇인가	P. 반 / 박범수	근간
11 우리는 무엇을 아는가	T. 나겔 / 오영미	5,000원
12 에쁘롱 — 니체의 문체들	J. 데리다 / 김다은	7,000원
13 히스테리 사례분석	S. 프로이트 / 태혜숙	7,000원
14 사랑의 지혜	A. 핑켈크로트 / 권유현	6,000원
15 일반미학	R. 카이유와 / 이경자	6,000원
16 본다는 것의 의미	J. 버거 / 박범수	10,000원
17 일본영화사	M. 테시에 / 최은미	7,000원
18 청소년을 위한 철학교실	A. 자카르 / 장혜영	7,000원
19 미술사학 입문	M. 포인턴 / 박범수	8,000원
20 클래식	M. 비어드 · J. 헨더슨 / 박범수	6,000원
21 정치란 무엇인가	K. 미노그 / 이정철	6,000원
22 이미지의 폭력	O. 몽젱 / 이은민	8,000원
23 청소년을 위한 경제학교실	J. C. 드루엥 / 조은미	6,000원
24 순진함의 유혹 〔메디시스賞 수상작〕 P. 브뤼크네르 / 김웅권		9,000원
25 청소년을 위한 이야기 경제학	A. 푸르상 / 이은민	8,000원
26 부르디외 사회학 입문	P. 보네위츠 / 문경자	7,000원
27 돈은 하늘에서 떨어지지 않는다 K. 아른트 / 유영미		6,000원
28 상상력의 세계사	R. 보이아 / 김웅권	9,000원
29 지식을 교환하는 새로운 기술	A. 벵토릴라 外 / 김혜경	6,000원
30 니체 읽기	R. 비어즈워스 / 김웅권	6,000원
31 노동, 교환, 기술 — 주제별 논술	B. 데코사 / 신은영	6,000원
32 미국만들기	R. 로티 / 임옥희	근간
33 연극의 이해	A. 쿠프리 / 장혜영	8,000원
34 라틴문학의 이해	J. 가야르 / 김교신	8,000원
35 여성적 가치의 선택	FORESEEN연구소 / 문신원	7,000원
36 동양과 서양 사이	L. 이리가라이 / 이은민	7,000원
37 영화와 문학	R. 리처드슨 / 이형식	8,000원
38 분류하기의 유혹 — 생각하기와 조직하기 G. 비뇨 / 임기대		7,000원
39 사실주의 문학의 이해	G. 라루 / 조성애	8,000원
40 윤리학 — 악에 대한 의식에 관하여 A. 바디우 / 이종영		7,000원
41 흙과 재 〔소설〕	A. 라히미 / 김주경	6,000원

42 진보의 미래	D. 르쿠르 / 김영선	6,000원
43 중세에 살기	J. 르 고프 外 / 최애리	8,000원
44 쾌락의 횡포·상	J. C. 기유보 / 김웅권	10,000원
45 쾌락의 횡포·하	J. C. 기유보 / 김웅권	10,000원
46 지식의 불	B. 데스파냐 / 김웅권	근간
47 이성의 한가운데에서 — 이성과 신앙 A. 퀴노 / 최은영		6,000원
48 도덕적 명령	FORESEEN 연구소 / 우강택	6,000원
49 망각의 형태	M. 오제 / 김수경	근간
50 느리게 산다는 것의 의미·1	P. 쌍소 / 김주경	7,000원
51 나만의 자유를 찾아서	C. 토마스 / 문신원	6,000원
52 음악적 삶의 의미	M. 존스 / 송인영	근간
53 나의 철학 유언	J. 기통 / 권유현	8,000원
54 타르튀프 / 서민귀족	몰리에르 / 덕성여대극예술비교연구회	8,000원
55 판타지 공장	A. 플라워즈 / 박범수	10,000원
56 홍수·상 (완역판)	J. M. G. 르 클레지오 / 신미경	8,000원
57 홍수·하 (완역판)	J. M. G. 르 클레지오 / 신미경	8,000원
58 일신교 — 성경과 철학자들	E. 오르티그 / 전광호	6,000원
59 프랑스 시의 이해	A. 바이양 / 김다은·이혜지	8,000원
60 종교철학	J. P. 힉 / 김희수	10,000원
61 고요함의 폭력	V. 포레스테 / 박은영	8,000원
62 소녀, 선생님 그리고 신 (소설)	E. 노르트호펜 / 안상원	근간
63 미학개론 — 예술철학입문	A. 셰퍼드 / 유호전	10,000원
64 논증 — 담화에서 사고까지	G. 비뇨 / 임기대	6,000원
65 역사 — 성찰된 시간	F. 도스 / 김미겸	7,000원
66 비교문학개요	F. 클로동·K. 아다-보트링 / 김정란	8,000원
67 남성지배	P. 부르디외 / 김용숙·주경미	9,000원
68 호모사피언스에서 인터렉티브인간으로 FORESEEN 연구소 / 공나리		8,000원
69 상투어 — 언어·담론·사회	R. 아모시·A. H. 피에로 / 조성애	9,000원
70 촛불의 미학	G. 바슐라르 / 이가림	근간
71 푸코 읽기	P. 빌루에 / 나길래	근간
72 문학논술	J. 파프·D. 로쉬 / 권종분	8,000원
73 한국전통예술개론	沈雨晟	10,000원
74 시학 — 문학 형식 일반론 입문	D. 퐁텐느 / 이용주	8,000원
75 자유의 순간	P. M. 코헨 / 최하영	근간
76 동물성 — 인간의 위상에 관하여	D. 르스텔 / 김승철	6,000원
77 랑가쥬 이론 서설	L. 옐름슬레우 / 김용숙·김혜련	10,000원
78 잔혹성의 미학	F. 토넬리 / 박형섭	9,000원
79 문학 텍스트의 정신분석	M. J. 벨멩-노엘 / 심재중·최애영	9,000원
80 무관심의 절정	J. 보드리야르 / 이은민	8,000원
81 영원한 황홀	P. 브뤼크네르 / 김웅권	9,000원
82 노동의 종말에 반하여	D. 슈나페르 / 김교신	6,000원
83 프랑스영화사	J. -P. 장콜 / 김혜련	근간

84 조와(弔蛙)	金敎臣 / 노치준 · 민혜숙	8,000원
85 역사적 관점에서 본 시네마	J. -L. 뢰트라 / 곽노경	근간
86 욕망에 대하여	M. 슈벨 / 서민원	8,000원
87 산다는 것의 의미 · 1 — 여분의 행복	P. 쌍소 / 김주경	7,000원
88 철학 연습	M. 아롱델-로오 / 최은영	8,000원
89 삶의 기쁨들	D. 노게 / 이은민	6,000원
90 이탈리아영화사	L. 스키파노 / 이주현	8,000원
91 한국문화론	趙興胤	10,000원
92 현대연극미학	M. -A. 샤르보니에 / 홍지화	8,000원
93 느리게 산다는 것의 의미 · 2	P. 쌍소 / 김주경	7,000원
94 진정한 모럴은 모럴을 비웃는다	A. 에슈고엔 / 김웅권	9,000원
95 한국종교문화론	趙興胤	10,000원
96 근원적 열정	L. 이리가라이 / 박정오	9,000원
97 라캉, 주체 개념의 형성	B. 오질비 / 김 석	근간
98 미국식 사회 모델	J. 바이스 / 김종명	근간
99 소쉬르와 언어과학	P. 가데 / 김용숙 · 임정혜	10,000원
100 철학자들의 동물원 · 상	A. L. 브라쇼파르 / 문신원	근간
101 철학자들의 동물원 · 하	A. L. 브라쇼파르 / 문신원	근간

【東文選 文藝新書】

1 저주받은 詩人들	A. 뻬이르 / 최수철 · 김종호	개정근간
2 민속문화론서설	沈雨晟	40,000원
3 인형극의 기술	A. 훼도토프 / 沈雨晟	8,000원
4 전위연극론	J. 로스 에반스 / 沈雨晟	12,000원
5 남사당패연구	沈雨晟	16,000원
6 현대영미회곡선(전4권)	N. 코워드 外 / 李辰洙	절판
7 행위예술	L. 골드버그 / 沈雨晟	절판
8 문예미학	蔡 儀 / 姜慶鎬	절판
9 神의 起源	何 新 / 洪 熹	16,000원
10 중국예술정신	徐復觀 / 權德周	24,000원
11 中國古代書史	錢存訓 / 金允子	14,000원
12 이미지 — 시각과 미디어	J. 버거 / 편집부	12,000원
13 연극의 역사	P. 하트놀 / 沈雨晟	절판
14 詩 論	朱光潛 / 鄭相泓	9,000원
15 탄트라	A. 무케르지 / 金龜山	10,000원
16 조선민족무용기본	최승희	15,000원
17 몽고문화사	D. 마이달 / 金龜山	8,000원
18 신화 미술 제사	張光直 / 李 徹	10,000원
19 아시아 무용의 인류학	宮尾慈良 / 沈雨晟	절판
20 아시아 민족음악순례	藤井知昭 / 沈雨晟	5,000원
21 華夏美學	李澤厚 / 權 瑚	15,000원
22 道	張立文 / 權 瑚	18,000원

23 朝鮮의 占卜과 豫言	村山智順 / 金禧慶	15,000원
24 원시미술	L. 아담 / 金仁煥	16,000원
25 朝鮮民俗誌	秋葉隆 / 沈雨晟	12,000원
26 神話의 이미지	J. 캠벨 / 扈承喜	근간
27 原始佛敎	中村元 / 鄭泰爀	8,000원
28 朝鮮女俗考	李能和 / 金尙憶	24,000원
29 朝鮮解語花史(조선기생사)	李能和 / 李在崑	25,000원
30 조선창극사	鄭魯湜	7,000원
31 동양회화미학	崔炳植	9,000원
32 性과 결혼의 민족학	和田正平 / 沈雨晟	9,000원
33 農漁俗談辭典	宋在璇	12,000원
34 朝鮮의 鬼神	村山智順 / 金禧慶	12,000원
35 道敎와 中國文化	葛兆光 / 沈揆昊	15,000원
36 禪宗과 中國文化	葛兆光 / 鄭相泓·任炳權	8,000원
37 오페라의 역사	L. 오레이 / 류연희	절판
38 인도종교미술	A. 무케르지 / 崔炳植	14,000원
39 힌두교의 그림언어	안넬리제 外 / 全在星	9,000원
40 중국고대사회	許進雄 / 洪 熹	22,000원
41 중국문화개론	李宗桂 / 李宰碩	15,000원
42 龍鳳文化源流	王大有 / 林東錫	17,000원
43 甲骨學通論	王宇信 / 李宰錫	근간
44 朝鮮巫俗考	李能和 / 李在崑	20,000원
45 미술과 페미니즘	N. 부루드 外 / 扈承喜	9,000원
46 아프리카미술	P. 윌레뜨 / 崔炳植	절판
47 美의 歷程	李澤厚 / 尹壽榮	22,000원
48 曼茶羅의 神들	立川武藏 / 金龜山	19,000원
49 朝鮮歲時記	洪錫謨 外/李錫浩	30,000원
50 하 상	蘇曉康 外 / 洪 熹	절판
51 武藝圖譜通志 實技解題	正 祖 / 沈雨晟·金光錫	15,000원
52 古文字學첫걸음	李學勤 / 河永三	14,000원
53 體育美學	胡小明 / 閔永淑	10,000원
54 아시아 美術의 再發見	崔炳植	9,000원
55 曆과 占의 科學	永田久 / 沈雨晟	8,000원
56 中國小學史	胡奇光 / 李宰碩	20,000원
57 中國甲骨學史	吳浩坤 外 / 梁東淑	근간
58 꿈의 철학	劉文英 / 河永三	22,000원
59 女神들의 인도	立川武藏 / 金龜山	19,000원
60 性의 역사	J. L. 플랑드렝 / 편집부	18,000원
61 쉬르섹슈얼리티	W. 챠드윅 / 편집부	10,000원
62 여성속담사전	宋在璇	18,000원
63 박재서희곡선	朴栽緒	10,000원
64 東北民族源流	孫進己 / 林東錫	13,000원

65 朝鮮巫俗의 研究(상·하)	赤松智城·秋葉隆 / 沈雨晟	28,000원
66 中國文學 속의 孤獨感	斯波六郎 / 尹壽榮	8,000원
67 한국사회주의 연극운동사	李康列	8,000원
68 스포츠인류학	K. 블랑챠드 外 / 박기동 外	12,000원
69 리조복식도감	리팔찬	절판
70 娼 婦	A. 꼬르벵 / 李宗旼	22,000원
71 조선민요연구	高晶玉	30,000원
72 楚文化史	張正明	근간
73 시간, 욕망 그리고 공포	A. 꼬르벵	근간
74 本國劍	金光錫	40,000원
75 노트와 반노트	E. 이오네스코 / 박형섭	절판
76 朝鮮美術史研究	尹喜淳	7,000원
77 拳法要訣	金光錫	10,000원
78 艸衣選集	艸衣意恂 / 林鍾旭	14,000원
79 漢語音韻學講義	董少文 / 林東錫	10,000원
80 이오네스코 연극미학	C. 위베르 / 박형섭	9,000원
81 중국문자훈고학사전	全廣鎭 편역	15,000원
82 상말속담사전	宋在璇	10,000원
83 書法論叢	沈尹默 / 郭魯鳳	8,000원
84 침실의 문화사	P. 디비 / 편집부	9,000원
85 禮의 精神	柳 肅 / 洪 熹	20,000원
86 조선공예개관	日本民芸協會 편 / 沈雨晟	30,000원
87 性愛의 社會史	J. 솔레 / 李宗旼	18,000원
88 러시아미술사	A. I. 조토프 / 이건수	16,000원
89 中國書藝論文選	郭魯鳳 選譯	25,000원
90 朝鮮美術史	關野貞 / 沈雨晟	근간
91 美術版 탄트라	P. 로슨 / 편집부	8,000원
92 군달리니	A. 무케르지 / 편집부	9,000원
93 카마수트라	바짜야나 / 鄭泰爀	10,000원
94 중국언어학총론	J. 노먼 / 全廣鎭	18,000원
95 運氣學說	任應秋 / 李宰碩	8,000원
96 동물속담사전	宋在璇	20,000원
97 자본주의의 아비투스	P. 부르디외 / 최종철	6,000원
98 宗敎學入門	F. 막스 뮐러 / 金龜山	10,000원
99 변 화	P. 바츨라빅크 外 / 박인철	10,000원
100 우리나라 민속놀이	沈雨晟	15,000원
101 歌訣(중국역대명언경구집)	李宰碩 편역	20,000원
102 아니마와 아니무스	A. 융 / 박해순	8,000원
103 나, 너, 우리	L. 이리가라이 / 박정오	10,000원
104 베케트연극론	M. 푸크레 / 박형섭	8,000원
105 포르노그래피	A. 드워킨 / 유혜련	12,000원
106 셸 링	M. 하이데거 / 최상욱	12,000원

107 프랑수아 비용	宋 勉	18,000원
108 중국서예 80제	郭魯鳳 편역	16,000원
109 性과 미디어	W. B. 키 / 박해순	12,000원
110 中國正史朝鮮列國傳(전2권)	金聲九 편역	120,000원
111 질병의 기원	T. 매큐언 / 서 일 · 박종연	12,000원
112 과학과 젠더	E. F. 켈러 / 민경숙 · 이현주	10,000원
113 물질문명 · 경제 · 자본주의	F. 브로델 / 이문숙 外	절판
114 이탈리아인 태고의 지혜	G. 비코 / 李源斗	8,000원
115 中國武俠史	陳 山 / 姜鳳求	18,000원
116 공포의 권력	J. 크리스테바 / 서민원	23,000원
117 주색잡기속담사전	宋在璇	15,000원
118 죽음 앞에 선 인간(상 · 하)	P. 아리에스 / 劉仙子	각권 8,000원
119 철학에 대하여	L. 알튀세르 / 서관모 · 백승욱	12,000원
120 다른 곳	J. 데리다 / 김다은 · 이혜지	10,000원
121 문학비평방법론	D. 베르제 外 / 민혜숙	12,000원
122 자기의 테크놀로지	M. 푸코 / 이희원	16,000원
123 새로운 학문	G. 비코 / 李源斗	22,000원
124 천재와 광기	P. 브르노 / 김웅권	13,000원
125 중국은사문화	馬 華 · 陳正宏 / 강경범 · 천현경	12,000원
126 푸코와 페미니즘	C. 라마자노글루 外 / 최 영 外	16,000원
127 역사주의	P. 해밀턴 / 임옥희	12,000원
128 中國書藝美學	宋 民 / 郭魯鳳	16,000원
129 죽음의 역사	P. 아리에스 / 이종민	13,000원
130 돈속담사전	宋在璇 편	15,000원
131 동양극장과 연극인들	김영무	15,000원
132 生育神과 性巫術	宋兆麟 / 洪 熹	20,000원
133 미학의 핵심	M. M. 이턴 / 유호전	14,000원
134 전사와 농민	J. 뒤비 / 최생열	18,000원
135 여성의 상태	N. 에니크 / 서민원	22,000원
136 중세의 지식인들	J. 르 고프 / 최애리	18,000원
137 구조주의의 역사(전4권)	F. 도스 / 이봉지 外	각권 13,000원
138 글쓰기의 문제해결전략	L. 플라워 / 원진숙 · 황정현	20,000원
139 음식속담사전	宋在璇 편	16,000원
140 고전수필개론	權 瑚	16,000원
141 예술의 규칙	P. 부르디외 / 하태환	23,000원
142 "사회를 보호해야 한다"	M. 푸코 / 박정자	20,000원
143 페미니즘사전	L. 터틀 / 호승희 · 유혜련	26,000원
144 여성심벌사전	B. G. 워커 / 정소영	근간
145 모데르니테 모데르니테	H. 메쇼닉 / 김다은	20,000원
146 눈물의 역사	A. 벵상뷔포 / 김자경	18,000원
147 모더니티입문	H. 르페브르 / 이종민	24,000원
148 재생산	P. 부르디외 / 이상호	18,000원

149 종교철학의 핵심	W. J. 웨인라이트 / 김희수	18,000원
150 기호와 몽상	A. 시몽 / 박형섭	22,000원
151 융분석비평사전	A. 새뮤얼 外 / 민혜숙	16,000원
152 운보 김기창 예술론연구	최병식	14,000원
153 시적 언어의 혁명	J. 크리스테바 / 김인환	20,000원
154 예술의 위기	Y. 미쇼 / 하태환	15,000원
155 프랑스사회사	G. 뒤프 / 박 단	16,000원
156 중국문예심리학사	劉偉林 / 沈揆昊	30,000원
157 무지카 프라티카	M. 캐넌 / 김혜중	25,000원
158 불교산책	鄭泰爀	20,000원
159 인간과 죽음	E. 모랭 / 김명숙	23,000원
160 地中海(전5권)	F. 브로델 / 李宗旼	근간
161 漢語文字學史	黃德實・陳秉新 / 河永三	24,000원
162 글쓰기와 차이	J. 데리다 / 남수인	28,000원
163 朝鮮神事誌	李能和 / 李在崑	근간
164 영국제국주의	S. C. 스미스 / 이태숙・김종원	16,000원
165 영화서술학	A. 고드로・F. 조스트 / 송지연	17,000원
166 미학사전	사사키 겐이치 / 민주식	근간
167 하나이지 않은 성	L. 이리가라이 / 이은민	18,000원
168 中國歷代書論	郭魯鳳 譯註	8,000원
169 요가수트라	鄭泰爀	15,000원
170 비정상인들	M. 푸코 / 박정자	25,000원
171 미친 진실	J. 크리스테바 外 / 서민원	근간
172 디스탱숑(상・하)	P. 부르디외 / 이종민	근간
173 세계의 비참(전3권)	P. 부르디외 外 / 김주경	각권 26,000원
174 수묵의 사상과 역사	崔炳植	근간
175 파스칼적 명상	P. 부르디외 / 김웅권	22,000원
176 지방의 계몽주의(전2권)	D. 로슈 / 주명철	근간
177 이혼의 역사	R. 필립스 / 박범수	25,000원
178 사랑의 단상	R. 바르트 / 김희영	근간
179 中國書藝理論體系	熊秉明 / 郭魯鳳	근간
180 미술시장과 경영	崔炳植	16,000원
181 카프카 — 소수적인 문학을 위하여 G. 들뢰즈・F. 가타리 / 이진경		13,000원
182 이미지의 힘 — 영상과 섹슈얼리티 A. 쿤 / 이형식		13,000원
183 공간의 시학	G. 바슐라르 / 곽광수	근간
184 랑데부 — 이미지와의 만남	J. 버거 / 임옥희・이은경	근간
185 푸코와 문학 — 글쓰기의 계보학을 향하여 S. 듀링 / 오경심・홍유미		근간
186 연극에서 영화로의 각색	A. 엘보 / 이선형	근간
187 폭력과 여성들	C. 도팽 外 / 이은민	근간
188 하드 바디	S. 제퍼드 / 이형식	근간
190 번역과 제국	D. 로빈슨	근간
193 현대의 신화	R. 바르트 / 이화여대기호학연구소	20,000원

【기 타】

▨ 모드의 체계	R. 바르트 / 이화여대기호학연구소	18,000원
▨ 텍스트의 즐거움	R. 바르트 / 김희영	15,000원
▨ 라신에 관하여	R. 바르트 / 남수인	10,000원
▨ 說 苑 (上 · 下)	林東錫 譯註	각권 30,000원
▨ 晏子春秋	林東錫 譯註	30,000원
▨ 西京雜記	林東錫 譯註	20,000원
▨ 搜神記 (上 · 下)	林東錫 譯註	각권 30,000원
■ 경제적 공포(메디시스賞 수상작)	V. 포레스테 / 김주경	7,000원
■ 古陶文字徵	高 明 · 葛英會	20,000원
■ 古文字類編	高 明	절판
■ 金文編	容 庚	36,000원
■ 고독하지 않은 홀로되기	P. 들레름 · M. 들레름 / 박정오	8,000원
■ 그리하여 어느날 사랑이여	이외수 편	6,500원
■ 딸에게 들려 주는 작은 지혜	N. 레흐레이트너 / 양영란	6,500원
■ 딸에게 들려 주는 작은 철학	R. 시몬 셰퍼 / 안상원	7,000원
■ 노력을 대신하는 것은 없다	R. 쉬이 / 유혜련	5,000원
■ 미래를 원한다	J. D. 로스네 / 문 선 · 김덕희	8,500원
■ 사랑의 존재	한용운	3,000원
■ 산이 높으면 마땅히 우러러볼 일이다	유 향 / 임동석	5,000원
■ 서기 1000년과 서기 2000년 그 두려움의 흔적들	J. 뒤비 / 양영란	8,000원
■ 서비스는 유행을 타지 않는다	B. 바게트 / 정소영	5,000원
■ 선종이야기	홍 희 편저	8,000원
■ 섬으로 흐르는 역사	김영희	10,000원
■ 세계사상	창간호~3호: 각권 10,000원 / 4호:	14,000원
■ 십이속상도안집	편집부	8,000원
■ 어린이 수묵화의 첫걸음(전6권)	趙 陽	42,000원
■ 오늘 다 못다한 말은	이외수 편	7,000원
■ 오블라디 오블라다, 인생은 브래지어 위를 흐른다	무라카미 하루키 / 김난주	7,000원
■ 인생은 앞유리를 통해서 보라	B. 바게트 / 박해순	5,000원
■ 잠수복과 나비	J. D. 보비 / 양영란	6,000원
■ 천연기념물이 된 바보	최병식	7,800원
■ 原本 武藝圖譜通志	正祖 命撰	60,000원
■ 隸字編	洪鈞陶	40,000원
■ 테오의 여행 (전5권)	C. 클레망 / 양영란	각권 6,000원
■ 한글 설원 (상 · 중 · 하)	임동석 옮김	각권 7,000원
■ 한글 안자춘추	임동석 옮김	8,000원
■ 한글 수신기 (상 · 하)	임동석 옮김	각권 8,000원

【조병화 작품집】

■ 공존의 이유	제11시점	5,000원

■ 그리운 사람이 있다는 것은	제45시집	5,000원
■ 길	애송시모음집	10,000원
■ 개구리의 명상	제40시집	3,000원
■ 꿈	고희기념자선시집	10,000원
■ 따뜻한 슬픔	제49시집	5,000원
■ 버리고 싶은 유산	제 1시집	3,000원
■ 사랑의 노숙	애송시집	4,000원
■ 사랑의 여백	애송시화집	5,000원
■ 사랑이 가기 전에	제 5시집	4,000원
■ 시와 그림	애장본시화집	30,000원
■ 아내의 방	제44시집	4,000원
■ 잠 잃은 밤에	제39시집	3,400원
■ 패각의 침실	제 3시집	3,000원
■ 하루만의 위안	제 2시집	3,000원

【이외수 작품집】

■ 겨울나기	창작소설	7,000원
■ 그대에게 던지는 사랑의 그물	에세이	7,000원
■ 꿈꾸는 식물	장편소설	7,000원
■ 내 잠 속에 비 내리는데	에세이	7,000원
■ 들 개	장편소설	7,000원
■ 말더듬이의 겨울수첩	에스프리모음집	7,000원
■ 벽오금학도	장편소설	7,000원
■ 장수하늘소	창작소설	7,000원
■ 칼	장편소설	7,000원
■ 풀꽃 술잔 나비	서정시집	4,000원
■ 황금비늘 (1 · 2)	장편소설	각권 7,000원

東文選 現代新書 87

산다는 것의 의미 · 1
— 여분의 행복

피에르 쌍소 / 김주경 옮김

"삶을 어떻게 살아야 하는가?"라는 물음에 대한 해답찾기‼

인생을 살 만큼 살아본 사람만이 이에 대한 대답을 할 수 있을 것이다. 영원한 것은 아무것도 없고, 변화 또한 피할 수 없다. 한 해의 시작을 앞둔 우리들에게 피에르 쌍소는 "인생이라는 다양한 길들에서 만나게 되는 예치기 않은 상황들을 대비할 수 있도록 도덕적 혹은 철학적인 성찰, 삶의 단편들, 끔찍한 가상의 이야기와 콩트, 이 세상에서 벌어지고 있는 참을 수 없는 일들에 대한 분노의 외침, 견디기 힘든 세상을 조금이라도 견딜 만하게 만들기 위한 사랑에의 호소 등등 여러 가지를 이 책 속에 집어넣어 보았다"는 소회를 전하고 있다. 노철학자의 삶에 대한 깊은 성찰이 고목의 나이테처럼 더없이 선명하게 다가온다.

변화를 사랑하고, 기다릴 줄 알고, 바라보는 법을 배우고, 자기 자신에게 인내를 가질 수 있게 하는 이 책 《산다는 것의 의미》는, 앞서의 두 권보다 문학적이며 읽는 재미 또한 뛰어나다. 죽어 있는 것 같은 시간들이 빈번히 인생에 가장 충만한 삶을 부여하듯 자신의 내부의 작은 목소리에 귀기울이게 하고, 그 소리를 신뢰케 만드는 것이 책의 장점이다. 진정한 삶, 음미할 줄 아는 삶을 살고, 내심이 공허한 사람이 되지 않도록 우리의 약한 삶을 보호할 줄 알며, 그 삶을 사랑하게 만드는 것이 피에르 쌍소의 힘이다.

이 책을 읽어 나가는 동안 우리는 의미 없이 번쩍거리기만 하는 싸구려 삶을 단호히 거부하고, 자기 자신에게로 돌아와 찬찬히 들여다볼 수 있는 시간을 갖게 될 것이다. 그리고 자신만의 희망적인 삶의 방법을 건져올릴 수 있을 것이다.